給下一輪太平盛世的備忘錄

Lezioni americane

伊塔羅・卡爾維諾

ITALO CALVINO

Sei proposte per il prossimo millennio

倪安宇 譯

目錄

前言

《給下一輪太平盛世的備忘錄》初版是在卡爾維諾過世後，由米蘭當地的嘎爾臧提出版社（Garzanti）於一九八八年五月出版。由於卡爾維諾未曾就他在書中闡述的議題留下任何文字或訪談紀錄（他辭世時未盡全書），因而借用卡爾維諾夫人艾斯特為《給下一輪太平盛世的備忘錄》初版所寫的說明作為本書前言。

一九八四年六月六日，卡爾維諾正式收到哈佛大學邀請，準備於一九八五—一九八六學年度在諾頓講座（Charles Eliot Norton Poetry Lectures）舉行六場系列演講，地點就在麻薩諸塞州劍橋市的哈佛大學。主題「詩藝」指的是任何形式的文藝思想交流，可以談文學、音樂或藝術，任憑自由發揮，然而這個自由卻成為卡爾維諾面臨的第一個難題，因為他始終認為限制對文藝創作而言至關緊要。待卡爾維諾確立他想談的方向是下一個世紀應保留的幾個文學價值後，就投入幾乎全部時間準備演講。

這六場演講很快就變成他的執念，有一天他跟我說他有八場演講的構思和素材，超過預定的系列演講場次。我知道他原先打算在第八講談〈（小說的）開頭與結尾〉，可惜直到今日我仍未找到文稿，只有筆記。

出發前往美國前夕，他完成了五篇講稿，還缺第六篇〈恆定〉（Consistency），關於這篇講稿我只知道他要談的是赫曼．梅爾維爾的《錄事巴托比》（*Bartleby, the Scrivener*），預計到哈佛大學後再開始寫。這五篇是卡爾維諾準備宣讀的講稿，他肯定會在付梓前重新修訂，但我不認為他會做大幅度調整。我看過的初稿和最後定稿之間的差別在於結構，不在於內容。

這本書是以我找到的打字稿為文本付印。日後，我不知道何時會再出版卡爾維諾的手稿。他直接用英文書寫的文字，我未做更動，他引用的小說段落也都保留原文。

接下來要說的是最困難的部分：書名。

卡爾維諾沒給這本書留下義大利文書名。他當時得先想英文標題，最後定案的是《給下一輪太平盛世的備忘錄》（*Six memos for the next millennium*），義大利文標題會是什麼呢，我無從得知。我決定用《美國課》（*Lezioni americane*）是因為在最後那個夏天，皮耶特羅·齊塔提[1]常常早上來找他，開口第一句話就是「美國課準備得怎麼樣？」他們聊的也都是美國課的事。

我知道這個理由不夠充分，卡爾維諾喜歡他的書名不分語言能有一致性。《帕洛瑪先生》就是基於這個原因所做的選擇。我想「給下一輪太平盛世」應該會出現在義大利文書名中，因為他在思考、調整英文標題的時候，這幾個字始終都在，所以我也予以保留。[2]

再做個補充說明。這份打字稿排列整齊放在他的書桌上，每一篇講稿都單獨收在一個透明文件夾裡，再一併收在一個硬殼文件匣中，隨時可以放進行李箱。

諾頓講座成立於一九二六年，歷年來邀請的講者有美國作家艾略特、俄國音樂家史特拉汶斯基（Igor Stravinsky）、阿根廷作家波赫士、加拿大文學評論家諾思洛普·弗萊（Northrop Frye）和墨西哥詩人帕斯（Octavio Paz）。卡爾維諾是第一位受邀的義大利作家。

我要感謝德國康斯坦茲大學（Universität Konstanz）的盧卡·馬利戈提（Luca

Marighetti），他對卡爾維諾的作品和思想有十分深刻的了解。我還要感謝康斯坦茲大學的安潔莉卡・科赫（Angelica Koch），給予我莫大幫助。

艾斯特・卡爾維諾（Esther Calvino）

譯注

1 皮耶特羅・齊塔提（Pietro Citati, 1930-2022），義大利作家兼文學評論家。

2 義大利文版書名是《美國課：給下一輪太平盛世的六個提議》（*Lezioni americane: sei proposte per il prossimo millenio*）。

現在是一九八五年。再過短短十五年就要進入下一個千禧年。我並不覺得這個日期逐漸逼近會引發什麼特別情緒，而且我無意談未來學，我要談的是文學。西方現代語言在即將結束的這個千禧年中誕生茁壯，文學探索了這些語言在表達、認知和想像的各種可能。這也是孕育了書本的千禧年，書在這千年間漸漸變成我們熟悉的模樣。我們越來越常懷疑在俗稱後工業時期的科技時代裡文學和書本的命運，或許這正是千禧年即將結束的徵兆。我不想妄加臆測。我對文學的未來充滿信心，因為我知道有些事情唯有文學以其獨特手法能夠做到。因此我的系列演講會試著用下一個千禧年的視角切入，談我格外關切的文學的某些價值、特質或特性。

第一講

輕

我第一講要談的是輕與重的對立。我會側重談輕，這並不代表我認為重不值得細談，只是我對輕有更多話想說。

寫了四十年小說，摸索著走過不同路徑、完成各種實驗後，也該是時候對我自己的作品做一個整體評估。我想說，我大多數時間都在減輕重量，我試過減輕人物的重量、天體的重量和城市的重量，尤其是故事結構和語言的重量。

我在這一講中會向我自己，也向各位說明為什麼我認為輕是加分，而非減分；過去有哪些作品符合我理想中的輕；我此刻如何定義這個價值，並設想未來會如何看待它。

我先從最後一點談起。當我開始寫作時，以體現我們所在的時代為己任是每一個青年作家的定言令式[3]。我充滿期待，試圖融入帶動我們這百年歷史前進的滔滔動力，融入這段歷史的集體和個人記憶。熱鬧的世界舞臺時而激動人心時而荒謬可笑，而它冒險犯難的內在律動促使我提筆寫作，試圖捕捉內與外一致的頻率。只不過我很快發現，在應該是我寫作素材的生活諸事和希望文字更敏捷、更充滿活力的自我期許之間，橫亙著一條鴻溝，總讓我費盡九牛二虎之力才得以跨越。大概就是在那個時候，我發現原來世界是沉重的、遲滯的、晦暗不明的，這些特質會如影隨形附著在文字上，除非你找到方法閃躲。

有時候我感覺整個世界就快要變成石頭，緩慢的石化過程或多或少因人因地而異，但最終無一牛靈可倖免。就像沒有人能逃過蛇髮女妖梅杜莎凌厲逼人的目光一樣。

唯一成功砍下梅杜莎頭顱的英雄是帕修斯，他踏著有翅膀的涼鞋騰空飛翔，並不直視梅杜莎的臉，只看她倒映在青銅盾牌上的影像。當我覺得自己卡在石頭裡進退兩難的時候，就像我試著回顧歷史和自身過往的此刻，前來救援我的正是帕修斯。所以就讓我借用神話意象繼續我的陳述吧。乘著最輕盈的風和雲的帕修斯，唯有透過間接觀察，看著向他展現的鏡中影像，才能砍下梅杜莎的頭顱而不被石化。我急於在這個神話故事裡找出詩人和世界之間關係的隱喻，找出可以沿用的寫作方法。但我知道每一次試圖解讀神話，都會讓它黯然失色，喑啞無聲。閱讀神話不能急，最好讓神話在記憶中沉澱，佇足觀察它所有細節，用它的圖像語彙角度切入思考。可以讓我們得到啟發的是閱讀神話故事時的所聞所見，而非我們加諸在它身上的穿鑿附會。

帕修斯和梅杜莎的關係很複雜，並未因蛇髮女妖被斬下首級而結束。飛馬佩加索斯自她汩汩流出的鮮血中誕生，於是乎石頭的重翻轉為輕，佩加索斯用馬蹄踢踏赫利孔山上一塊岩石，引出了希波克里尼泉，成為繆斯女神的飲水處。這個神話故事的某些版本提及，自梅杜莎受詛咒的鮮血中誕生、備受繆斯女神鍾愛的神奇飛馬佩加索斯日後是由帕修斯駕馭（至於有翅膀的涼鞋則來自妖魔世界，是帕修斯從梅杜莎的姐妹，也就是共用一隻眼睛的格萊埃三姐妹手中獲得）。至於被斬下的那顆頭顱，帕修斯不但沒有丟棄，還裝在一個皮革袋子裡隨身攜帶，當他快要被敵人打敗的時候，只要抓住那頭蛇髮將頭顱展示給對方看，那血淋淋的戰利品就變成這位英雄手中戰無不勝的武器。不過帕修斯只在緊急時候，且敵人活該受罰變成石化雕像的時候才會使用這個武器。這一段神話顯然意有所指，這些畫面應該隱含深意，不是無的放矢。帕修斯必須將那顆駭人的頭顱藏起來，才能掌控它，就像他先前看著鏡中的它，才能戰勝它。帕修斯之所以成功，在於他拒絕直視，但他並不拒絕他所在的那個妖魔世界的真相，他與真相共存，視其為自身負重。

閱讀古羅馬詩人奧維德的《變形記》，可以看出帕修斯和梅杜莎之間的關係不只於此。帕修斯揮劍斬殺一頭海怪，再次贏得勝利，解救了安朵美達公主，然後他就跟每一個完成血腥任務的人一樣，準備清洗雙手。這時候他遇到的問題是該將梅杜莎的頭顱放在何處，而奧維德用幾行詩句（第四卷，頁七四〇—七五二）說明要想成為斬妖除魔的勝利者帕修斯，必須擁有細膩的心思，在我看來絕妙至極：

「為免粗砂礫污損那蛇髮頭顱，他先用一層葉子作軟墊，再鋪上水生植物嫩枝，然後放下梅杜莎的頭顱，讓它面部朝下。」我認為身為英雄的帕修斯以如此出人意表的溫柔手法對待那個恐怖駭人又脆弱易腐敗的東西，完美體現了他的輕。不過最叫人意想不到的是接下來發生的奇蹟：那些海洋植物的嫩枝接觸到梅杜莎的頭顱後變成珊瑚，而寧芙仙子為了能用珊瑚當首飾，爭相帶著嫩枝和海草奔向那個可怖的頭顱。

優雅細緻的珊瑚和可怖凶殘的梅杜莎這兩種意象交會，也充滿各種暗示，我不想用評論或詮釋破壞它，我所能做的是用義大利當代詩人蒙塔萊（Eugenio Montale）《小小遺願》（*Piccolo testamento*）的詩句跟奧維德的詩句做對照，蒙塔萊這首詩也有一些極其微妙的元素可以被視為象徵圖騰（「如蝸牛留下的珠光痕跡／或被踩碎的金鋼玻璃砂」），對應拍打著墨黑翅膀降臨西方各大城市的恐怖地獄魔鬼路西法。在一九五三年寫就的這首詩中，蒙塔萊呈現了前所未見的末世景象，然而字裡行間凸顯的卻是與黑暗災難形成強烈反差的那些微光痕跡（「作為護身符收在隨身鏡中／當所有燈光都熄滅／舞步愈加瘋狂……」）。但我們可以期待從比自己更脆弱之物得到救贖嗎？蒙塔萊用這首詩將他的信念昭告天下，他相信看似注定消亡的東西其實恆久不衰，最微不足道之物也蘊含道德價值：「那閃爍的微光／不是火柴的光」。

為了談論我們的時代，我繞了一大圈，回溯奧維德筆下脆弱的梅杜莎和蒙塔萊的闇黑路西法。小說家很難用生活點滴再現他對輕的想法，那只會是永遠求而不得的目標。米蘭・昆德拉就是一個顯而易見的例子，他的小說《生命中不能承受之輕》其實是生命中無法逃避之重的無奈證明，而無法逃避之重指的不僅是他家鄉遭受無所不在絕望迫害的不幸命運，也是全人類的共同命運，只不過我們幸運得多。對昆德拉而言，生命之重在於各種形式的壓迫，公開和私下的壓迫像一張綿密的網纏住每一個生命且越收越緊。昆德拉這部小說告訴我們在生命中所選擇、所讚揚的輕，早晚會暴露它令人無法承受之重。或許只有出自智慧的活力與靈動能躲過此一宿命，寫出《生命中不能承受之輕》，那是屬於生命之外另一個世界的兩種特質。

在我認為人類國度注定要承受重的那些時刻，我想我該像帕修斯一樣在另一個空間飛翔。我的意思不是要逃避到夢境或非理性中，我的意思是我應該改變策略，應該用不同視角、不同邏輯、不同的認知和檢驗方法看這個世界。我尋覓的輕的意象不該像夢境一遇到當下和未來的現實就煙消雲散……。

在文學的廣袤無垠世界裡，永遠有其他道路值得探索，或許嶄新或許古老的那些道路的風格和形式可以改變我們對世界的看法……。如果文學不足以讓我確信我所追逐的不只是幻夢，我會為了那能夠消解所有沉重的願景，向科學尋找養分……。

今天每一門科學似乎都在告訴我們這個世界是由極小的單元組成，例如DNA信息、神經元脈衝、夸克、自太初之始便在空間中飄浮的微中子……。

還有資訊工程學。必須透過笨重的硬體，輕盈的軟體才能發揮作用，而且發號施令的是軟體，外面的世界和機器因軟體運作而存在，隨著越寫越複雜的程式而演化。跟第一次工業革命時代軋製機或鑄鋼那種有壓迫感的意象不同，第二次工業革命的意象是資訊流位元以電子脈衝的形式在電路上跑來跑去。金屬機器依舊在，不過全都聽從無重量的位元指揮。

從科學論述推算出符合我期待的世界意象，合理嗎？我之所以會嘗試這麼做，是因為我覺得這個操作有可能重新連接到詩歌史上的一條古老思路。

古羅馬詩人兼哲學家盧克萊修（Titus Lucretius Carus）的《物性論》（*De Rerum Natura*）是從拆解完整世界，感知微小、移動和輕盈的一切這個角度去認識世界的第一本偉大詩作。盧克萊修意欲謳歌物質，卻又急著提醒我們物質其實是由看不見的微粒所組成。他為本質永恆不變的實物寫詩，而他告訴我們的第一件事是虛無與實體同樣具體。盧克萊修最念茲在茲的似乎是想要避免物質的重量對我們產生壓迫。他認為在建立左右每一個事件進行的嚴謹力學定律時，需要讓原子脫離原本的直線運行，以確保物質跟人類一樣自由。所以談無形的詩、談無法預測之無盡潛能的詩和談虛無的詩，都出自同一位篤信世界具有實體性的詩人之手。

盧克萊修也用看得見的面向來體現物質微粒化，並展現出高超的詩藝：在暗室光束中迴旋紛飛的塵埃（第二卷，頁一一四—一二四）；被海浪緩緩推向濕濡沙灘上貌似相仿實則相異的微小貝（第二卷，頁三七四—三七六）；我們行進間沾黏上身而未察覺的蛛網（第三卷，頁三八一—三九〇）。

先前提到奧維德的《變形記》同樣包羅萬象（寫作時間比盧克萊修的《物性論》晚了五十多年），但是不從真實世界著眼，而是從神話故事出發。奧維德也認為萬物都可以轉換成新形式，奧維德也認為消解堅實的世界就是認識世界，奧維德也認為世間萬物就本質而言是平等的，沒有權力和價值的階級之別。如果說盧克萊修的世界是由不可變的原子構成，那麼奧維德的世界則是由決定萬物、植物、動物及人的差異性的各種特性、屬性和形式構成，但這些其實是薄薄一層外殼，本質相同，當本質受到來自深層的熱情激盪，可以徹頭徹尾改變。

奧維德無與倫比的天賦展現在從一個形式轉變為另一個形式過程中的連貫延續上，他描述一名女子發現自己正在變成一棵棗樹，她雙腳立定在地上不能動彈，鮮嫩的樹皮慢慢從腳往上爬包覆了她的下半身，她本想拉扯頭髮，結果發現雙手長出茂密樹葉。他描述阿剌克涅雙手如何靈巧地纏裹、解開毛線球，轉動紡錘，穿針刺繡，然後我們看著她的手指越來越長，變成蜘蛛細長的腳，開始織蛛網。

無論是盧克萊修或奧維德的作品，「輕」都體現在以哲學和科學的方式看世界。前者信奉伊比鳩魯學說，後者追隨畢達哥拉斯（不過奧維德展現的畢達哥拉斯與佛陀十分相似）。但他們都是在書寫中，透過詩人的語言手法創造出「輕」，與他們宣稱意欲追隨的哲學家理念無關。

說到這裡，我想「輕」這個概念逐漸清晰。我主要希望證明有一種深思熟慮的輕，就像我們大家都知道另外有一種是輕率的輕。而深思熟慮的輕會讓輕率顯得沉重且晦暗。

《十日談》有一則小故事（第六天，頁九）可以完美說明我這個想法。薄伽丘筆下的佛羅倫斯詩人桂朵．卡瓦爾康提（Guido Cavalcanti）是一位嚴肅的哲學家，在一所教堂前方的大理石墓碑間漫步沉思。佛羅倫斯的紈褲子弟成群結隊在城裡縱馬奔馳，從一場宴會趕赴另一場宴會，不斷找機會擴大社交圈。雖然卡瓦爾康提家財萬貫、氣質高雅，但是並不受那些紈褲子弟歡迎，因為他從不與他們一起尋歡作樂，而且他奧祕的哲學思想被視為對神明不敬：

有一天桂朵從聖彌額爾教堂菜園出發，沿著阿迪馬利大道往聖若翰洗禮堂走，這是他慣常散步的路線，因為如今聖雷帕拉塔大教堂旁有一些巨型大理石石墓，聖若翰洗禮堂周遭也有不少。他在斑岩石柱、石墓和聖若翰洗禮堂緊閉的大門間走來走去，貝托老爺跟一群酒肉朋友騎馬經過聖雷帕拉塔大教堂廣場，看見在石墓間遊走的桂朵，便說：「我們去找他麻煩。」他們策馬向前貌似要攻擊他，實則是為了捉弄他，桂朵直到最後一刻才有所察覺。那群人衝到他面前對他說：「桂朵，你不願與我們為伍，等你發現上帝不存在的時候，你要怎麼辦？」

被團團圍住的桂朵聽完這番話，毫不猶豫地回答：「各位先生，這是你們的地盤，想怎麼說都可以。」身輕如燕的他隨即用手撐著其中一個巨型石墓，縱身跳到另一邊，遠離他們揚長而去。

我感興趣的不是文中桂朵．卡瓦爾康提的回應（可以從這位詩人自稱「伊比鳩魯主義」者實則信奉阿威羅伊主義的角度去詮釋，該哲學思想認為個人靈魂屬於宇宙知性的一部分。若能透過知性思辨將自身提升到宇宙思維層次，肉身死亡就能被克服，那麼棺墓會是你們的歸宿而不是我的去處）。最讓人印象深刻的莫過於薄伽丘呈現的這個畫面：桂朵・卡瓦爾康提「身輕如燕」，一躍便獲得了自由。

我若要為即將來臨的全新千禧年選擇一個祝福願景，這是我的選擇：哲學家詩人在這個沉重的世界裡突然展現矯健身手騰空一躍，證明重力中蘊藏著輕的祕密，而許多人以為代表時代生命力的喧囂、咄咄逼人、焦躁和嘶吼都屬於死亡國度，就像一座停放生鏽汽車的墳場。

我希望你們記住這個畫面，接下來我要談談卡瓦爾康提這位輕盈詩人。與其說他詩作中的「角色」是人，不如說是嘆息、光束和視覺意象，其中最重要的則是他稱之為「靈」的那些非物質脈動或訊息。為愛煎熬這類一點也不輕盈的主題被他消解為觸摸不到的存有物，游移在感性靈魂和智性靈魂、心靈與思想、所見和所言之間。簡而言之，此物具有以下三個特色，一是極為輕盈，二是游移不定，三是承載訊息。有些詩的詩文本身就是訊息——傳信使，卡瓦爾康提最有名的一首詩是這位流亡詩人向自己正在書寫的敘事詩說話：「去吧，輕輕緩緩的／飛向我的女子吧」。在另一首詩中，負責說話的則是用來書寫的鵝毛筆和削尖筆頭的工具：「我們是可憐又困惑的鵝毛筆／悲傷的小剪刀和削筆刀……」卡瓦爾康提有一首十四行詩，每一行都有「靈」或「精靈」，在後來刻意自我模仿的另一首十四行詩中更展現出他對這個關鍵字的偏愛，用十四行詩句說完一個複雜的抽象故事，其中一共出現了十四個「靈」，每一個都有不同功能。他還有一首十四行詩描寫肉身因為飽受愛情煎熬而被肢解，卻仍然像「銅或石頭或木頭做成」的機器人繼續行走。在此之前有另一位義大利詩人桂尼澤利（Guido Guinizelli）在十四行詩中將為愛受盡折磨的詩人變成一尊黃銅雕像，這個意象十分具象，體現的沉重感本身具有一股力量。但在卡瓦爾康提的詩中，物質的重量消失了，因為擬人物可以有很多，而且可以替換。隱喻不是非實物不可，「石頭」一詞也不會讓詩句變重。我們又回到我談盧克萊修和奧維德時論及的萬物平等。義大利文學評論大師強法蘭克．孔提尼（Gianfranco Contini）稱這種平等是「卡瓦爾康提式的實質平等」。

這個「實質平等」的最佳例子是卡瓦爾康提的一首十四行詩，開頭細數種種美的意象，但全都注定輸給心愛女子之美：

女子之美與慧心之美

一列全副武裝的高貴騎士
鳥鳴婉轉和愛情絮語
拉起巨帆在海面上急速航行的大船
曙光乍現時分的清新空氣
和無風之日輕輕落下的白雪
河流及遍地開花的綠草地
首飾上的黃金、白銀和青金石

但丁後來將「和無風之日輕輕落下的白雪」稍做修改寫入《神曲》地獄篇（第十四歌，三十行）：「如無風高山中的雪」。這兩句十分相似，但表達的概念截然不同。無風的雪在兩個句子中都讓人聯想到輕盈的無聲律動，但除此之外大不相同。但丁的詩句因點明了場所（高山）而讓人聯想到連綿起伏的山景。卡瓦爾康提的詩句中則有貌似贅語的形容詞「白」，與動詞「落下」結合的結果是抹去了風景，呈現出抽象的懸置氛圍。更重要的是開頭第一個字，決定了兩個句子的意義。在卡瓦爾康提詩句中的第一個字是連接詞「和」，讓雪跟前後詩句中的其他意象並列，形成一連串的畫面，展現世界之美。但丁的第一個字是副詞「如」，將畫面封存在一個隱喻框架裡，在這個框架內有屬於自身的具象真實，正如地獄中的火雨景象，具象且富戲劇性，為了凸顯火雨，因此用了與之相似的雪。卡瓦爾康提的詩文中一切都在快速移動，我們體會不到其存在感，只能體會到效果。但丁的詩文中一切都很穩定，很有存在感，可以明確感受事物的重量，即便他談的是輕盈之物，似乎也想要讓這個輕盈呈現出一定的重量：「如無風高山中的雪」。《神曲》中有另外一句詩文十分相似，沉入水中消失不見的人體重量彷彿懸浮、變輕，然後「如水中重物沉沒於深渺」（天堂篇，第三歌，一二三行）。

說到這裡，我們可別忘記，世界是由無重量原子構成這件事之所以讓我們大吃一驚，是因為我們感覺萬物皆有重量，所以我們若不懂得欣賞有重量的語言，就不可能懂得欣賞語言之輕。

我們可以說數百年來，文學界有兩個對立的傾向，一是傾向於讓語言成為一個沒有重量的元素，像一朵飄浮在空中的雲，或塵埃，甚或像磁力場；一是傾向於用語言傳達事物、身體和感覺的重量、厚度和具體性。

卡瓦爾康提和但丁在義大利文學（及歐洲文學）肇始之初便開創了這兩條道路。兩者就路線而言大致是相反的，不過有鑑於但丁多才多藝、博學多聞，還需要進一步詳加闡述箇中差異。但丁以亦師亦友的卡瓦爾康提為題獻對象，寫出他最輕快的一首十四行詩〈桂朵，願你、拉波和我〉（Guido, i'vorrei che tu e Lapo ed io）並非偶然。在《新生》（*Vita nuova*）詩文集中，但丁採用的創作素材與卡瓦爾康提相同，因此有些詞彙、主題和概念同時出現在兩位詩人的作品中。即便是像《神曲》那樣沉重的作品，但丁若想要體現輕盈，也無人能出其右，但是他真正拿手的正好相反，他擅長自語言中淬鍊出種種聲響、情緒和感覺的可能性，透過詩句捕捉這個世界的不同層次、形式和屬性，傳達出這個世界有體系、有秩序、有階級，一切各在其位的意涵。我可以再稍微強化一下兩者之間的對比，但丁能讓最抽象的智性思辨也有明確的實體感，而卡瓦爾康提則能在詩句的抑揚頓挫、音節起伏中讓具體的有形經驗化為無形，讓思緒如閃電般衝破黑暗。

細細剖析卡瓦爾康提有助於我（至少向自己）釐清我所謂的「輕」。對我而言，輕必須結合精確和篤定，不能模稜兩可，也不能隨興而為。法國作家梵樂希（Paul Valéry）說：「可以輕如小鳥，不可輕如羽毛」。

我以卡瓦爾康提為例，說明了輕至少有三個意義：

(1)減輕語言的重量，讓語義透過彷彿沒有重量的文字結構傳遞，並呈現同樣稀微的存在感。

我想你們一定可以找到此一類型的其他例子，不過艾蜜莉．狄金生這首詩足以滿足我們的需求：

一蕚，一瓣，一棘
在一個尋常的夏日早晨——
一小瓶露水——一兩隻蜜蜂——
一陣微風——林間一陣拍翅——
而我是一朵玫瑰！

(2)在論證推理、描繪細微不可察的心理變化過程或做任何形容描述時，可以高度抽象化。

若想舉比較現代的作品為例，可以隨便翻開一本亨利．詹姆斯的書：

> 所有那些鴻溝之間，皆有橋狀結構連結，儘管那橋看似輕盈，偶爾會在令人暈眩的高空中搖晃，但十分穩固。彷彿為了測試膽量，有時候他們會垂下鉛錘，去丈量鴻溝的深度。事實上，分歧一旦出現就無法消弭，主要是因為長久以來，梅不覺得有必要反駁約翰對她的指控，在他們最後幾次爭吵的其中一次結束後，約翰指責她有想法卻隱瞞不說，但她其實只是不敢表達。
>
> 《叢林野獸》（*The Beast in the Jungle*），第三章

(3)輕盈的具象畫面有其象徵價值，就像在薄伽丘的故事中，卡瓦爾康提動作敏捷雙腳一蹬就跳過墓碑。

有些文學創作深植於我們記憶中，是因為字句間的暗示而非文字本身。唐吉軻德用長槍刺中風車扇葉後被拋向半空中那一幕，在塞萬提斯那本小說中只有短短幾行，可以說作者在書寫這一段的時候投入的心力十分有限，結果卻成為文學史上最著名的其中一

個場景。

我想我可以按照這些說明，在我的藏書中尋找輕盈的案例。我首先翻開莎士比亞書中莫枯修出場的那一段，羅密歐剛說完「愛的重擔壓得我向下墜沉」，他便反駁道「你乃戀愛中人，讓邱比特將翅膀借給你，騰空飛躍吧」。我們從莫枯修一開口說的幾個動詞，就知道他遊走人世間的態度：跳舞，飛躍，刺痛。人的容貌是面具，是假面。莫枯修一登場就覺得有必要向大家說明他的哲學觀，但他並未訴諸理論，反而說了一個夢：精靈的接生婆麥布仙后乘著一輛馬車現身，那輛馬車是一個榛果空殼：

她的馬車輪軸，是蜘蛛長腳做的，
車蓬，是蚱蜢的羽翼；
挽索，是最細的蛛網；
轡頭，是晶瑩的月光；
她的馬鞭握把，是蟋蟀骨頭；鞭繩，則是一片薄膜可別忘了這輛馬車是由「微塵般的小馬拖曳」，我認為這個細節至關緊要，讓麥布仙后這個夢和盧克萊修的原子學說、文藝復興的新柏拉圖主義和凱爾特人的民間傳說合而為一。

我們希望莫枯修的舞步能陪伴我們直到下一輪太平盛世開始。《羅密歐與茱麗葉》的時代背景跟我們這個時代許多面向並無太大不同，城市充斥血腥暴力的情況跟故事中凱普萊特家族和蒙太古家族的對峙械鬥同樣莫名所以，奶媽鼓吹的性解放未能成為普世的愛情模式，勞倫斯神父秉持「自然哲學」的樂觀精神所進行的各種實驗，很難說最後是帶來生機，或走向死亡。

莎士比亞身處的文藝復興時期，已識將大宇宙和小宇宙連結起來的各種巧妙論述，從新柏拉圖主義的穹蒼論，到在煉金術士坩堝中蛻變的金屬之靈。古典神話提供了精靈和森林女神，凱爾特神話中微妙的自然力量意象更豐富，有妖精和仙女。因為這樣的文化背景（我不禁想到英國歷史學家葉茲〔Frances A. Yates〕對文藝復興玄奧哲學及相關文學的精彩研究），所以在莎士比亞的作品中可以找到符合我這個主題源源不絕的案例。

我心裡想的不只是《仲夏夜之夢》裡的精靈帕克和整個幻境，或《暴風雨》中的精靈愛麗兒和「本質與夢的本質相同」的所有人，還有劇中人物如旁觀者般思索自身悲劇，將悲劇轉化為感傷和嘲諷的帶有存在主義況味又不失抒情的獨特調性。

在談卡瓦爾康提時我說到的無重量重力，於塞萬提斯和莎士比亞的年代再度浮現，這裡指的是憂鬱和幽默之間的特殊關聯，瑞蒙・克里班斯基（Raymond Klibansky）、厄文・潘諾夫斯基（Erwin Panofsky）和佛瑞茲・薩克索（Fritz Saxl）三人在《農神薩杜諾與憂鬱》（*Saturn and Melancholy*）一書中做了深入研究。如果說憂鬱是不再沉重的悲傷，那麼幽默就是擺脫身體重量（成就了薄伽丘和弗朗索瓦・拉伯雷〔François Rabelais〕兩位大師的人類軀體）的喜劇，並且讓人對自我、世界和構成此二者的整個關係網絡有所質疑。

我們在幾乎可見於莎士比亞所有作品中的諸多哈姆雷特化身身上發現，這位丹麥王子說話的特色是既憂鬱又幽默，缺一不可。其中一個化身便是《皆大歡喜》的傑克，他對憂鬱有如下解釋（第四幕第一場）：

但那是我自己獨有的憂鬱，混雜了許多種藥草，集結了各種物質的精華，還有我在旅程中的多方冥想，因為反覆思索，讓我陷入一種讓人啼笑皆非的悲傷之中。

所以那並非是濃得化不開的晦暗憂鬱，而是薄薄一層極其細微的心情和感覺，是原子微塵，就像所有構成事物多樣性的基本物質。

我承認自己想把莎士比亞塑造成盧克萊修原子論信徒的企圖心非常強烈，但我知道這麼做太武斷。因為世界上第一個用個人專業讓宇宙原子論夢幻變身的作家要等到數年後才出現在法國，他是西哈諾·德·貝傑赫克（Cyrano de Bergerac）。

西哈諾這位傑出作家應該受到更多推崇，不只因為他真的是科幻小說先驅，更因為他的知性和文藝特質。他信奉法國哲學家伽桑狄（Pierre Gassendi）的感覺論和哥白尼的天文學說，更重要的是他受到義大利文藝復興自然哲學（如思想家卡爾達諾〔Gerolamo Cardano〕、布魯諾〔Giordano Bruno〕和托馬索·康帕內拉〔Tommaso Campanella〕）的滋養，成為現代文學的第一位原子論詩人。西哈諾的嬉笑怒罵無法掩飾他對宇宙的真實感動，他為萬物的和諧一致喝彩，無論是生命體或非生命體，頌讚一切決定生命形式變化的各種基本樣態組合，並且讓萬物創造過程中的不確定性有了意義，因為只要少了一點，人就不是人，生命不是生命，世界不成世界。

你讚嘆那隨機混合的物質，竟然能造人，明明造人需要的東西很多。你不知道這物質有千萬次機會準備造人，結果卻造出了石頭、鉛塊、珊瑚、花朵或彗星，因為造人需要或不需要的元素不足或太多。因此，雖然物質數量無窮、變動不息，但我們所見的鳥獸蟲魚，草木蔬菜，鉛鐵礦石，卻不算多；就像丟一百次骰子，只能丟出一次同花。儘管如此，只要有小小變動便必然有物生出，而此物永遠會帶來驚奇，因為魯鈍之人不會明白失之毫釐差之千里的道理。

於是乎哈西諾宣稱人類和包心菜是兄弟，可想而知當一顆包心菜要被切開的時候會如何出言抗議：

「人類啊，我親愛的兄弟，我做了什麼罪當該死？……我從泥土中冒出頭來，綻放，茁壯，獻出我的孩子作種子，而你卻要砍我的頭，來報答我的好意！」

想想這番鼓吹四海皆兄弟的言論寫於法國大革命發生前將近一百五十年，就知道文藝創作須臾間便能解決人類意識懶於掙脫狹隘本位主義的弊病。這一切發生在一趟月亮之旅期間，西哈諾・德・貝傑赫克的想像力超越了兩位大前輩，古羅馬作家琉善（Luciano di Samosata）和義大利文藝復興詩人阿里奧斯托（Ludovico Ariosto）。在我談輕的論述中，西哈諾的重要性主要在於他比牛頓更早就意識到萬有引力問題。或者應該說，如何擺脫重力這個問題激發了他的想像力，虛構出各種登月方法，一個比一個更教人匪夷所思，例如把裝滿露水的瓶子放在太陽下慢慢蒸發；在身上塗抹會被月光吸收的牛髓；在小船上反覆往空中垂直拋出磁化的球。

最後這個磁化球方案由英國作家強納森・斯威夫特（Jonathan Swift）強化精進，成為《格列佛遊記》裡的飛行島拉普塔。當拉普塔島出現在空中的時候，斯威夫特似乎為他的兩個執念找到了神奇的平衡點，一個是他極盡嘲諷之能事的理性主義無實體抽象思維，另一個則是實體的物質重量。

我看見它兩側有數層廊道和階梯環繞，每隔一段距離就可以從一個廊道下到另一個廊道。最低那層的廊道上有人用長長的釣竿在釣魚，其他人則在旁邊觀看。

作為競爭對手，斯威夫特與牛頓同屬一個年代。法國思想家伏爾泰跟斯威夫特相反，是牛頓的仰慕者，他想像出一個微型巨人，所謂巨人與體型無關，而是反映在數字上，反映在以科學論述一絲不苟嚴謹術語表達的空間和時間特性上。基於這個邏輯和設定，微型巨人展開太空之旅，從天狼星到土星再到地球。可以說牛頓提出的理論對文學想像的衝擊，並不在於人和萬物都受到自身重量的制約，而在於天體因各方向的力達到平衡始得以在太空中翱翔。

在十八世紀的想像世界裡，空中隨處可見飄浮物。所以在這個世紀之初，法國學者安托萬．加朗（Antoine Galland）翻譯《一千零一夜》，讓西方看見東方的奇幻世界，發現飛毯、飛馬和神燈精靈，並非偶然。

隨著孟喬森男爵騎著砲彈飛上天，十八世紀突破一切限制的想像力達到高峰，法國藝術家古斯塔夫．杜雷（Gustave Doré）的版畫作品讓這一幕永遠留在我們的記憶中。和《一千零一夜》一樣不清楚作者是一人、多人或不詳的孟喬森男爵奇幻冒險故事不斷挑戰萬有引力定律，男爵不但被鴨子帶上天，還可以拉著假髮髮辮把自己和坐騎都往上提，結束月亮之旅下降返回地球的時候，手中繩索多次斷裂又接上。

這些民間文學故事的意象，加上我們先前看過的經典文學中的意象，成就了牛頓理論的文壇地位。義大利詩人賈科莫．萊奧帕爾迪（Giacomo Leopardi）十五歲完成的《天文史》彙整了牛頓提出的所有理論，展現博學多聞的一面。遙望夜空沉思的萊奧帕爾迪寫下那些美麗詩句不只是為了抒發情懷，當他談月亮的時候，很清楚自己在說什麼。

萊奧帕爾迪在反覆論證生命不可承受之重時，用輕盈意象象徵難以企及的幸福，例如小鳥、窗口傳出女子的歌聲，清澄透明的空氣，還有月亮。

只要詩句中出現月亮，就會讓人感受到輕盈、飄浮、靜謐、平和迷人的力量。我原本想用月亮作為第一講的主題，爬梳月亮在不同時空背景的文學作品中的蹤影。後來我決定只談萊奧帕爾迪的月亮，因為他用生花妙筆抽離語言的重量，輕飄飄彷彿月光。多次出現在萊奧帕爾迪詩作中的月亮其實佔據的詩句篇幅並不多，卻足以照亮整首詩，或讓詩籠罩在不見月光的陰暗中。

無風夜色輕柔明亮
高掛在屋頂和花園上方的
是月亮，遠方若隱若現的
是靜謐山巒
……
噢，美麗的月，此刻我想起
大約一年前，在這座山上
我滿心焦慮來看你

你當時掛在樹梢上
一如此刻，灑滿清輝。
……
噢，親愛的月，在你幽靜的月光下
野兔在林間跳舞
……
夜幕低垂
藍天恢復沉寂，黑暗籠罩
照在丘嶺和屋頂上的
是泛白的新月
……
月兒，告訴我你在天上做什麼？
沉靜的月
你在向晚時分升起

在荒原上沉思，而後沉落。

我的演講有很多條線交錯，我應該拉哪一條線才能帶出結論呢？有一條線串起了月亮、萊奧帕爾迪、牛頓、萬有引力和浮力……，另一條線則串起了盧克萊修、原子論、卡瓦爾康提的愛情哲學、文藝復興時期的魔法和西哈諾……。還有一條線是把寫作比喻為世界的微粒物質，盧克萊修說字母是持續運動的原子，透過排列組合創造出千變萬化的文字和聲韻，這個想法長期以來有不同思想家承襲，認為從書寫符號的排列組合可一窺世界奧祕，例如西班牙哲學家盧洛（Raimondo Lullo）的「大藝術」（Ars Magna）、西班牙猶太拉比和義大利哲學家皮科·德拉·米蘭多拉（Pico della Mirandola）的卡巴拉哲學[4]……。伽利略也視字母表為所有小單元的排列組合範本，還有德國哲學家萊布尼茲（Gottfried Wilhelm Leibniz）……。

我該循著這條路往下走嗎？會不會得出太過顯而易見的結論？書寫是現實中所有進程的原型……是唯一可辨可知的現實，或簡而言之，書寫即唯一現實……。不，我不會走上這條看似理所當然之路，那會讓我遠離我所理解的文字用途，文字應該永遠追隨事物，順應事物的無窮變化。

其實還有一條線，我在一開始展開的那條線：文學具有存在主義的價值，而追尋輕是對生命之重的一種反抗。或許盧克萊修和另一位古羅馬詩人奧維德都受到此一需求的驅使，盧克萊修追尋（或自認為追尋）的是伊比鳩魯的淡然自若，奧維德追尋（或自認為追尋）的則是畢達哥拉斯的轉世重生。

我習慣視文學為對知識的探求，但為了在存在領域裡繼續前進，我得將文學延伸到人類學、種族學和神話學。

原始部落的生存環境中充滿乾旱、疾病、惡靈等不確定性，巫師的因應之道是化身體重量於無形，將自己傳送到另一個世界，進入另一個感知層面，他可以在那裡找到改變現實的力量。距離我們不那麼遙遠的時代和文明世界裡，農村女性在倍受壓抑的生活中負擔沉重，女巫會在半夜騎著掃把，或更輕的東西如麥穗、稻梗飛上天空。在被宗教裁判長判為異端之前，這些畫面是民間想像的一部分，甚至有可能是親身經驗。在我看來渴望掙脫桎梏和忍受匱乏之間的關係正是人類學研究的常項，而文學要延續的也是這個人類學論述。

先從口傳文學說起。在民間故事裡，飛到另一個世界的情境常常出現。俄羅斯學者普羅普（Vladimir Propp）在《故事形態學》（*Morphology of the Folktale*）書中列舉了多項「功能」[5]，其中之一便是「英雄遷徙」，他寫道：「通常尋覓之物會在另一個『不同』領域，可能位於水平方向的遠方，也可能位於垂直方向的極高處或極低處」。之後普羅普還羅列出「英雄飛天」的不同模式：「騎在馬背上或鳥背上、仿作鳥態、乘坐飛船、乘坐飛毯、坐在巨人或精靈的肩膀上、乘坐惡魔馬車等等」。

我不認為把種族學和民間故事所記載的這些巫教和巫術功能與文學想像力連結在一起會流於牽強，反倒認為隱含在所有文學活動中最深層的理性思維都跟與之相呼應的人類學需求脫離不了關係。

演講最後我想談一談卡夫卡的短篇小說《木桶騎士》（*Der Kübelreiter*），第一人稱敘述，完成於一九一七年，故事開頭是奧匈帝國戰況最慘烈的那年冬天，背景很真實，缺煤。敘事者拎著一個空桶外出找煤炭好給爐子生火，路上他拿木桶當馬騎，高度約有一兩層樓高，木桶載著他上下顛簸，彷彿騎在駱駝背上。

賣煤炭的商鋪在地下室，騎坐在木桶上的主角太高，煤炭老闆想要為他服務可是聽不見他說什麼，老闆娘則懶得理會他。主角拜託他們給他一鏟最便宜的煤炭，只不過得賒帳。煤炭老闆娘解開身上的圍裙，像驅趕蒼蠅那樣驅趕他。木桶太輕，被老闆娘這麼一揮就載著它的騎士飛上天，消失在冰山的另一端。

卡夫卡許多短篇小說都有神祕色彩，這一篇尤其如此。或許卡夫卡只是想要告訴我們，在戰爭期間的寒冬夜裡出門尋找煤炭，可以變成尋找遊俠，或變成商隊穿越沙漠，可以是神奇飛行，也可以是空桶晃蕩。在空桶載著你飛到某個高度以上，讓你無法獲得他人幫助或遭到拒絕的這個設定中，空桶代表的是匱乏、渴望與追尋，把你拉高到某個位置，讓你的卑微要求永遠無法實現，值得我們反覆思索。

我先前談到巫師、民間故事裡的英雄和匱乏，都可以轉化為輕盈飛去另一個國度，在那裡所有不足都能獲得彌補。我談到女巫飛天用的是平凡無奇的家居用品，所以也可以是木桶。但是卡夫卡這個故事裡的英雄似乎不具備任何巫術或巫師的超能力，冰山另一頭似乎也不是讓空木桶可以滿載而歸的地方，更何況如果木桶裝滿了應該也就飛不起來了。所以，騎坐在木桶上的我們即將面對下一輪太平盛世，無須期待任何我們無法帶去的東西，包括我在這場演講中不厭其煩羅列其優點的輕。

3 定言令式（kategorische Imperativ）是德國哲學家康德（Immanuel Kant, 1724-1804）在《道德底形上學之基礎》（*Grundlegung zur Metaphysik der Sitten*）書中提出的概念，認為某個行為的目的在於其本身，出於純粹客觀的必然性，是為定言令式。定言是指無條件，因此對人而言，指的是「你應當如此」的一種道德期許。

4 猶太教中，「卡巴拉」（Cabbala）是用來解釋永恆的神祕造物主與短暫、有限的宇宙之間的關係，試圖界定宇宙和人類存在的本質。也有人說卡巴拉為一密宗。

5 普羅普認為民間故事看似不同，但往往結構模式雷同，是為「常項」，例如故事角色的行動便是其中之一，他稱之為「功能」，而這些角色功能便是他用以研究民間故事的方法。

快

第二講

我要從一則古老傳說談起。

查理曼大帝晚年愛上一位日耳曼少女。王公大臣們看著君王耽溺於愛慾，拋開身為君王的尊嚴，荒廢國政，都感到十分憂心。一天少女驟逝，大臣們鬆了一口氣，只可惜沒能維持太久，因為查理曼大帝對她的愛並未因此消逝，讓人將少女用香料防腐保存的遺體搬到自己臥房，不願須臾分離。這叫人毛骨悚然的熱情令托賓大主教大驚失色，懷疑有魔法作祟，要求檢驗遺體，結果在少女舌頭下面找到一枚寶石戒指。自戒指落入托賓大主教手中那一刻起，查理曼大帝便匆匆叫人安葬遺體，轉而全心全意愛上了大主教。托賓大主教為擺脫尷尬情境，將戒指丟入波登湖中，於是查理曼大帝愛上那個湖泊，流連湖畔不肯遠離。

這個傳說是法國浪漫主義作家巴爾貝・多爾維利（Barbey d'Aurevilly）「摘錄自一本魔法書」，抄寫在他未曾出版的一本筆記裡，內容比我上面描述得更為簡要。現可參閱七星文庫（Pléiade）出版的巴爾貝・多爾維利全集（第一冊，頁一三一五）。我讀過這則傳奇後，故事就不斷在我腦海中縈繞，彷彿那個戒指的魔法透過故事繼續作祟。

讓我們試著解釋一下為何這樣一個故事會讓我們為之著迷。故事中有一連串超乎常理的事件接續發生，環環相扣：老人癡戀年輕女子，戀屍癖，同性戀傾向，故事最後結束在年邁國王凝視湖泊，一切在憂傷沉思中歸於沉寂。巴爾貝．多爾維利在小說《往日情人》（*Une vieille maîtresse*）中寫道：「查理曼大帝凝視著波登湖，癡戀看不見的深淵」，並寫註說明出處。

將所有事件串在一起的，一是文字連結，「愛」或「情」讓不同形式的吸引力之間有了延續性；一是敘事連結，也就是那個魔法戒指，在不同插曲間建立起因與果的邏輯關係。對不存在之物的渴求，是缺憾、匱乏，用戒指中空的圓作象徵，主要靠故事節奏、而非敘事情節體現。此外，整個故事從頭到尾都瀰漫死亡氣息，查理曼大帝似乎拚命掙扎想抓住生命這個連結不放，但是這番掙扎最後是以對著湖泊沉思冥想收尾（這個結局與歷史相符。根據史實記載，查理曼大帝晚年罹患重病，離世前一年被帶到波登湖畔，在那裡動了腦部手術）。

這個故事的真正主角是那枚魔法戒指，因為魔法戒指的去向左右了角色的命運，角色間的關係也由戒指決定。因此在魔法戒指周圍彷彿形成了一個力場，也就是故事範疇。我們可以說魔法之物是一個可辨識的記號，釐清人物之間或事件之間的關聯性，具敘事功能，其歷史可以上溯至北歐傳奇故事和騎士小說，而且持續出現在文藝復興時期的義大利史詩作品中。我們在阿里奧斯托的《瘋狂的奧蘭多》，看到難以數計的長劍、盾牌、頭盔、馬匹等依次輪替出現，每一個都有其專屬特性，透過這些具有某種特殊能力、可決定某些人物關係的物件特性的改變帶動故事情節。

在寫實文學中，摩爾王曼布里諾的頭盔變成理髮師擋雨用的小盆子，但並未因此失去其重要性或意義，就像魯賓遜從海難船隻搶救下來的或自己動手做的所有物件，都非常重要。我們可以說，只要有一件物品出現在敘事中，它就擁有特殊力量，變成磁場的兩極，或成為隱形關係網絡中的某個環節。無論物的象徵性是否清晰可辨，都永遠存在。我們也可以說，敘事作品中的任何一個物件都有魔法。

回頭看查理曼大帝的傳說，背後有義大利文學的傳統。佩脫拉克在《書信集》（*Epistolae*）中說他去亞琛造訪查理曼大帝陵寢時得知這個「可愛的小故事」，但他並不相信。在佩脫拉克用拉丁文書寫的信中，這個故事有更多細節，更駭人聽聞（科隆主教聽從天降聖言，伸出一根手指到冰冷僵硬的屍體舌頭下翻找），還多了道德說教，但我覺得巴爾貝・多爾維利平淡無奇的大綱版更有吸引力，有更多想像空間，而且事件接續發生的快節奏予人一種無可避免的感覺。

這個傳奇故事在十六世紀文藝創作蓬勃的義大利再次出現，版本眾多，其中戀屍癖情節格外受到青睞。威尼斯中篇小說家塞巴斯提亞諾・埃里佐（Sebastiano Erizzo）不但讓查理曼大帝與屍體同床共枕，還讓他痛惜哀訴了好幾頁篇幅。至於與大主教之間的同性戀情節卻十分隱晦，或完全刪除，例如十六世紀人文主義作家朱瑟培・貝圖斯（Giuseppe Betussi）所著，以愛情為主題的知名論述作品便是如此，不過在他筆下這則傳說的結局是戒指再次被尋獲。而佩脫拉克及他的義大利傳人所寫的版本最後不見波登湖，因為故事發生在亞琛，如此才能解釋為何查理曼大帝要在此興建皇宮和教堂，至於戒指則被扔進了沼澤地，所以查理曼大帝聞到爛泥巴的味道卻覺芳香撲鼻，而且「用水時滿心歡愉」（這涉及到地方上關於溫泉的其他傳說），諸多細節再次凸顯故事中揮之不去的死亡氛圍。

根據法國語文學家卡司東・帕里斯（Gaston Paris）的研究，在此之前，中世紀日耳曼文學出於對查理曼大帝愛戀死去女子的處理手法不同，故事便大相逕庭。有的版本裡女子是皇帝的新娘，戴著魔法戒指能保證他不變心；有的版本裡女子是女神或精靈，一旦戒指被拿走就會死；有的版本裡女子看起來是個活人，拿下戒指才會發現她其實是一具屍體。這個傳說的起源很可能是一則北歐傳奇故事：「挪威國王哈拉爾與死去的妻子同眠，她身上裹著一襲魔法斗篷，讓她看起來貌似活人。」

總而言之，卡司東・帕里斯收集的中世紀版本缺少事件的連鎖反應，而佩脫拉克和文藝復興作家的版本則缺少快節奏。因此我還是比較偏愛巴爾貝・多爾維利的版本，雖然粗糙中帶有一點拼湊感，其優點在於故事精簡，撇開各個事件的時間長度不論，這些事件如同點狀，由一截一截的線連成鋸齒狀，彷彿行進不輟的運動。

我並不是說快本身是一種價值，敘事時間可以是緩慢的、循環的，或靜止不動的。故事會掌控時間長度，或對進行中的時間施魔法，讓時間縮短，或把時間拉長。在西西里，當說童話故事的人要跳過某個段落，或表明事隔數月、數年的時候，會採用這個公式：「故事不虛耗時間」。民間傳統的口述故事技巧以實用性為主，沒有用的細節可省略，但是重複必須保留，像童話故事總會有一連串困難得克服，小朋友聽故事的樂趣所在就是等待重複出現。重複的可以是情境、句子或公式。正如詩或詩歌中的韻腳形成抑揚頓挫的節奏，散文敘事裡則是讓不同事件形成一種對仗關係。查理曼大帝的傳說之所以有敘事張力就是因為接續發生的事件像詩的韻腳一樣互相呼應。

如果說在我從事文學創作的某個年代，我曾被民間故事和童話故事所吸引，不是因為我對特定的民族傳統情有獨鍾（畢竟我來自已經全面現代化、信奉世界主義的義大利），也不是因為我對兒時讀物意難忘（我家認為小孩只該讀具教育意義的書，以及科學類書籍），而是因為我對民間故事和童話故事的風格、結構、精簡、韻律和敘事的縝密邏輯感興趣。我改寫編纂上個世紀民俗學者採集紀錄的義大利童話故事時，若遇到原文十分簡潔就很高興，我除了遵循其精練扼要外，並盡可能從中汲取敘事張力和富有詩意的暗示。舉例如下：

> 一個國王生病了。醫生對他說：「陛下，要想痊癒，必須取得一根食人妖的羽毛。這並非易事，因為食人妖會吃掉他看到的所有基督徒。」
>
> 國王號令下達，卻無人自告奮勇。國王詢問一名忠貞不二、英勇無畏的大臣，大臣回答說：「我願前往。」
>
> 眾人為他指路：「山頂有七個洞穴，食人妖在其中一個洞穴裡。」

該大臣出發，半路上天色漸暗，他在一家旅店前停下……。

《義大利童話故事》，第五十七篇

國王生了什麼病，為什麼食人妖會有羽毛，那些洞穴是什麼樣子，隻字未提。提到的一切在情節中都有其必要功能。民間故事的第一個特色就是表達精簡，再離奇的波折也都只說重點。故事裡永遠必須跟時間賽跑，必須對抗一切阻撓或延遲願望實現的障礙，或找回遺失的寶物。時間有可能全然靜止，例如睡美人的城堡，作者夏爾・佩羅（Charles Perrault）寫道：

就連爐子上串滿鷓鴣和雉雞的烤肉叉也睡著了，火也睡著了。這一切發生在轉瞬間，仙女做事動作很快。

時間的相對性是各地民間故事常見的主題。到另一個世界遊歷的人覺得只渡過了幾個小時，但當他返回原先的出發地卻已是人事全非，因為實際上過了許多許多年。順帶一提，這個主題是早期美國文學中華盛頓・歐文（Washington Irving）《李伯大夢》（*Rip van Winkle*）的故事起源，其意義在於點出了美國社會奠基於持續改變的神話上。

這個母題也可以被視為是用來比喻敘事時間，以及敘事時間和真實時間之間的不可比較性。如果反向操作，像《一千零一夜》那樣，由故事內部再生出另一個故事，拉長敘事時間，意義相同。雪赫拉莎德說了一個故事，故事裡有人說了另一個故事，而另一個故事裡面有人再說了一個故事以此類推。

讓雪赫拉莎德每晚得以自救的要訣在於她知道如何讓一個故事與另一個故事串連，而且懂得在恰當的時間中斷，就是時間延續和時間中斷兩種操作手法，也是節奏的精髓所在。這種拿捏時間的手法我們早已看過，運用在史詩上是詩文押韻，運用在散文敘事裡，則讓讀者對後續發展充滿期待。

大家都知道，如果有人想說笑話但說得不好，特別是環環相扣和掌控節奏的效果不佳的話，會讓他人覺得不自在。薄伽丘的一個中篇小說便是以說故事的技巧為題，體現出這種感覺。

一群心情愉悅的仕女和貴族在一位佛羅倫斯貴婦的鄉間別墅作客，午餐後大家一起散步，前往附近另一處風景宜人的地點遊玩。途中為了提振大家的精神，其中一人主動說起了故事：

「歐蕾塔女士，您若不反對，在我們接下來要走的這段路上，我將用世界上最動聽的故事當作馬載您前行。」歐蕾塔女士回答道：「老爺，那就麻煩您了，榮幸之至。」

說故事技巧未必比劍術高明到哪裡去的那位貴族老爺聽到後，就開始說故事。故事本身應該很有趣，但他不是重複同一個字三、四、五、六次，就是故事顛三倒四，有時候還說：「我說得不好」，甚至常常講錯名字，張冠李戴，描述人物個性和行為更是沒有章法，把故事說得一團糟。

歐蕾塔女士聽他說故事，不時冒冷汗，心七上八下，彷彿病入膏肓。最後她實在受不了，知道那位貴族老爺陷入困境走不出來，便和顏悅色對他說：「老爺，您這匹馬舉步維艱，請您高抬貴手放我下來走路吧。」

中篇小說是一匹馬，是交通工具，有自己的步調，或走或跑，要看那是一段怎樣的路，不過這裡談的速度是心靈速度。薄伽丘羅列出那位不稱職說故事者的種種缺點中，第一是節奏問題，再來是風格問題，他的表達方式與人物角色及其行為不合，換句話說，風格特性涉及即時調整、靈活表達和靈活思考。

也象徵心靈速度的馬在整部文學史上留下鮮明記號，預告我們的科技遠景會面臨什麼問題。英國作家托馬斯・德・昆西（Thomas De Quincey）的《英國郵車》（*The English Mail-Coach*）這篇散文讓英國文學界驚豔，開啟了快速運輸和資訊傳送的年代，他在一八四九年就已經知道在今天我們這個機械化、有高速公路的世界裡會發生什麼，例如致命的高速衝撞。

德・昆西描述他有一次夜間乘坐高速行進的郵車，身邊是體型壯碩、熟睡中的車夫。郵車性能優異完美，車夫便彷彿靈魂出竅對一切視而不見，乘客只能任由無人性的精準機器擺布。德・昆西在服用鴉片酊後感官特別敏銳，發現馬匹正以時速十三英哩逆向急速奔馳，這意味著災難必然降臨，倒楣的不是高速、堅固的郵車，而是在同一條路上出現的第一輛對向來車。果不其然，德・昆西看到在那猶如教堂中殿般筆直寬闊的林蔭大道另一頭，一對年輕夫婦駕著一輛不堪一擊的輕型雙輪馬車正以一英哩時速往前進。「在他們與永恆之間，不管怎麼算，都只有大約一分半鐘的時間。」德・昆西放聲大喊。「我踏出了第一步，第二步交給那個年輕人，第三步交給上帝。」這短短幾秒鐘的敘述無人能夠超越，儘管後來高速已經成為人類生活的基本體驗。

> 眨眼，轉念，天使振翼，哪一個速度快到足以介入問與答之間，將二者分開？光移動的速度還比不上我們馬車緊迫盯人衝向那輛輕型馬車試圖自救奔逃的速度。

德・昆西成功呈現了如何在極為短促的時間內完成從技術面計算出衝撞的不可避免，以及從上帝角度出發，兩輛馬車最終擦身而過的奧祕難解。

我們關心的主題不是物理速度，而是物理速度和心靈速度之間的關係。這個關係也引發了與德・昆西同時期的義大利大詩人賈科莫・萊奧帕爾迪的興趣。萊奧帕爾迪年輕時深居簡出，難得有一次經歷了短暫的歡樂時光，遂在《隨想》（*Zibaldone di pensieri*）中記錄道：「舉例來說，馬的行進速度，無論是目視或你坐在馬背上馳騁親身體驗（……），速度本身帶給你的那股生動、活力、力量和生命感受教人無比喜悅，彷彿真能喚醒對無窮的想像，讓靈魂得到昇華與強化……。」（一八二一年十月二十七日）

接下來幾個月《隨想》記錄的是萊奧帕爾迪對於速度的進一步省思，之後他開始談風格：「快速和風格簡潔之所以讓人喜歡是因為許多理念接二連三紛至沓來彷彿同時出現，而當大量理念同時湧入心靈，會讓心靈因為太多想法或意象或感受蜂擁而至而有所波動，以至於心靈無法充分一一擁抱所有這一切，或沒有時間放鬆，導致無法感受。詩的風格特色主要是快速，因為快速所以賞心悅目，沒有其他理由。而那些幾乎同時湧現的理念之所以鼓舞人心，可能是因為個別文字本身或其隱喻，也可能是因為文字的排列組合，或句子迂迴繞圈，或因為某些字或某些句子被刪除。」（一八二一年十一月三日）

我想第一個用馬隱喻心靈速度的人，應該是被譽為科學之父的伽利略。他在《試金者》（*Saggiatore*）一書中反駁引用大量古典論述佐證自己論點的對手，寫道：

「如果論說棘手難題有如背負重物，多匹馬能馱載的麥子比一匹馬多，那麼我同意諸多論述比單一論述有效。然而論述如奔馳，而非負重，一匹駿馬足以勝過百匹駑馬。」

「論說」和「論述」對伽利略而言代表推論，而且大多是指演繹推論。「論述如奔馳」這句話是他對風格的闡述，認為風格是指思考方法，也是文學品味。對伽利略而言，縝密思考應具備快速、靈活推論、論點精簡、舉證富有想像力這些關鍵要素。

伽利略特別偏愛用馬做隱喻和思想實驗（Gedanken-Experimentents）。我曾研究伽利略文章中做過的隱喻，發現他至少有十一次以馬為重要例子：視馬為運動意象代表，也就是動力學實驗的工具；視馬為自然界形式繁複之美的代表；視馬為激發想像的形式代表，做出各種假設，讓馬接受不可思議的試驗，或讓馬的體型變得巨大無比。當然還有將馬的奔馳比擬為論述：「論述如奔馳」。

伽利略在《關於托勒密和哥白尼兩大世界體系的對話》（*Dialogo sopra i due massimi systemi del mondo, tolemaico e copernicano*）書中，杜撰了代表思維速度的沙格列陀這個角色，參與支持托勒密學說的辛普利丘和支持哥白尼學說的義大利科學家薩爾維阿提

（Filippo Salviati）二人之間的辯論。薩爾維阿提和沙格列陀代表伽利略性格的兩個面向，前者是講求嚴謹方法論的推論者，速度緩慢而謹慎；後者的特色是「論述極快」，更擅長發揮想像力，得出有待證實的結論，並把每一個想法都推演到極致，例如在月球上如何生活，或是地球如果停止運轉會發生什麼事。

薩爾維阿提進一步為伽利略訂出思維速度的等級：即時推論，沒有停頓轉折，是上帝思維，遠遠高於人類思維，但是不該鄙視人類思維，或視人類思維如無物，因為人類思維是由上帝創造，一步步慢慢推進，也同樣能理解、探討並完成美妙事物。這時候沙格列陀開口說話，讚揚人類最偉大的發明：字母（《關於托勒密和哥白尼兩大世界體系的對話》，第一天尾聲）。

> 凌駕於所有偉大發明之上，是怎樣卓越的心智，才能想像自己找到方法，可以與他人交流心底深處的想法，不管時空的差距有多遙遠？想像自己與遠在印度的人交談，與尚未出生、或許要到千萬年後才會出生的人交談？而且毫不費力，全憑一張紙上二十個小小字母作不同的排列組合！

我在上一講談「輕」的時候說到盧克萊修認為字母的排列組合是難以捉摸的物質原子結構模型，今天說到伽利略認為字母的排列組合（「二十個小小字母作不同的排列組合」）是難以超越的溝通工具。伽利略指的是與時空相距遙遠的人溝通，我想應該要再加上寫作讓所有已知或可能存在的事物之間建立起來的即時溝通。

我準備在每一講提出我認為下一個千禧年值得關切的某個價值，而今天我要談的是這個：高速傳播、全面普及的其他「媒體」在這個年代佔上風，很可能會讓所有溝通都扁平化，同質單一化，虛有其表，而文學的功能是依照書寫語言的自身傾向讓不同事物溝通，去凸顯而非淡化之間的差異。

機械化時代來臨，讓速度變成可測量的價值，機器和人類的進步史便是用速度的紀錄譜寫而成。但是心靈速度無法測量，不容比較或競逐，更不能從歷史角度展現結果。心靈速度的價值在於自身，在於它能夠讓對喜悅有感的人心中覺得喜悅，而不在於能從中獲得任何實質用處。快速推論未必勝過再三斟酌的推論，事實正好相反，但是快本身意味著某種特殊性。

我一開始說過，每一講我會選擇某個價值作為主題，並不代表我排斥與之對立的價值。一如我讚揚輕，其中隱含我對重的崇敬，這一講我讚揚快，並不代表我否定慢的優點。文學用許多細膩手法延緩時間進程，先前我談過重複，接下來要談的是離題。

在現實生活裡，時間是我們永遠不夠用的財富，在文學世界裡，可以用超然態度輕鬆支配時間這個財富，無須搶先抵達預設的終點線。其實節省時間是好事，因為省下來的時間越多，就有越多時間可以浪費。風格和思維上的快，主要是指敏捷、多變和從容，書寫時隨時可以離題，從一個話題跳到另一個話題，離開主軸上百次，歷經千迴百轉再回到主軸上面來。

十八世紀英國小說家勞倫斯・斯特恩（Laurence Sterne）的《項狄傳》（*Tristram Shandy*）是偉大發明，全書從頭到尾都在離題，法國思想家兼文學家狄德羅（Denis Diderot）立刻追隨其後。離題是推遲結局的一種手法，讓書中的時間繁衍增生，是一種永恆迴避。迴避什麼？當然是迴避死亡，這是義大利作家卡洛・李維（Carlo Levi）在《項狄傳》義文版序言中所寫。很難想像卡洛・李維竟然是勞倫斯・斯特恩的仰慕者，不過他的寫作風格確實有游移不定、時間無窮盡的感覺，即便在做社會觀察時也是如此。卡洛・李維寫道：

> 代表項狄的第一個圖騰是鐘。他在母體中受孕，和他所有不幸的開始，都跟標示時間的鐘脫離不了關係。死亡隱藏在鐘裡，貝利這麼說，還有個人生活的不快樂，這個片刻，這個四分五裂不再完整的東西也隱藏在鐘裡。死亡，就是時間，是個體化的時間，是分離的時間，是走向結束的抽象時間。項狄不想出生，因為他不想死。不管什麼工具或武器，只要能拯救他逃避死亡和時間都好。如果出生和死亡這兩個無從遁逃的宿命點之間的直線是最短的距離，那麼離題可以把它拉長，如果離題變得夠複雜、夠混亂、夠曲折，速度快到不留痕跡，說不定死亡就不復存在，時間也會迷失，而我們就可以繼續隱匿在不斷變換的藏身處。

這段話讓我反覆思索。因為我不是一個離題的寫作者，我更傾向於相信直線，往前無盡延伸，讓自己遙不可及。我寧願計算長遠的逃逸路線，期待自己能像一支箭射出去後消失在天際。如果有太多阻礙擋住我的去路，那就去琢磨能在最短時間內帶我走出迷宮的那一段又一段直線。

我年輕時就以一句古老拉丁文諺語當作自己的座右銘：「緩慢加速」（Festina lente）。

或許相較於文字和概念，符號的暗示性更吸引我。你們應該記得十五世紀偉大的威尼斯人文學者兼出版人阿爾杜斯・馬努提烏斯（Aldus Pius Manutius）在他出版的每一本書扉頁上都用一隻海豚環繞在船錨上的圖案來體現「緩慢加速」這句諺語。這個優雅的圖像標誌象徵腦力工作的強度和恆久性，文藝復興學者伊拉斯謨（Erasmo da Rotterdam）為此花了好幾頁篇幅寫出令人難以忘懷的評論。不過海豚和船錨這兩個意象具有同質性，都屬於海洋世界，我向來更喜歡不一致的神祕圖像組合在一起的符號，例如用圖畫當謎面的「畫謎」。文藝復興時期義大利作家保羅・喬維歐（Paolo Giovio）收集的十六世紀紋章圖案中，象徵「緩慢加速」的是蝴蝶和螃蟹組合，各自形狀對稱但古怪的二者之間有一種意想不到的和諧感。

身為作家，我的工作本就是跟隨腦迴路風馳雷掣的行進速度，去捕捉並連接那些散落在不同時間和空間裡距離遙遠的意念，在我偏愛的歷險和童話故事中尋找對等的內在能量和心靈律動。我關注意象，以及從意象中自動湧現的律動，同時我清楚知道在想像之流蛻變成文字之前，都不能算是文學成果。對詩歌詩人和散文作家來說，成功與否在於是否能巧妙地訴諸文字，有時候靈機一動信手拈來，但是大部分情況下都需要耐心尋找貼切的文字，讓文句中每個字都無可取代，讓聲音和概念有效結合而且言之有物。我認為寫散文跟寫詩並無不同，兩者都在尋找必要的、獨一無二的、豐富的、精準的、令人難忘的表達方式。

篇幅長的作品很難維持某種張力，加上我的人格特質寫短文比較得心應手，因此我的作品絕大部分都是短篇。以我在《宇宙連環圖》和《時間零》（*Ti con zero*）所做的嘗試為例，要用敘事手法陳述抽象的時間和空間概念，最好是在短篇小說的簡短時間內完成。我也嘗試過篇幅更精簡的短文組合，敘事發展更加限縮，介於寓言故事和散文短詩之間，例如《看不見的城市》和新近出版的《帕洛瑪先生》。當然，文本的長或短是外在標準，我談的是在長篇作品中也可以看到，但主要多見於單頁篇幅的一種特殊稠密感。

我對短篇形式的偏好其實源自義大利文學傳統，義大利長篇小說家很少，詩人很多，這些詩人寫散文同樣投注心力，即便只有寥寥幾頁，也有了不起的新意和深刻省思，例如賈科莫・萊奧帕爾迪的《道德小品》（*Operette morali*），其他文壇難有可與之相提並論的作品。

美國文壇有優良的短篇小說傳統，至今方興未艾，我認為短篇小說是美國文學的瑰寶，難以超越。可惜出版界採用僵化的短篇小說和中篇小說二分法，把其他可能的短文形式排除在外，其實在美國重量級詩人的著作中不乏短篇散文，例如惠特曼的《樣本歲月》（*Specimen Days*）和威廉・卡洛斯・威廉斯（William Carlos Williams）的諸多創作。不該讓書市迷思阻礙我們嘗試新的形式，我想要捍衛新形式的多樣性，以及因應而生的風格和內容稠密度。我心裡想的是梵樂希的《太司特先生》（*Monsieur Teste*）和他多產的論述文，還有佛朗西斯・龐奇（Francis Ponge）談「物」的散文短詩，米歇爾・雷希斯（Michel Leiris）對自身和所用語言的探索，及亨利・米修（Henri Michaux）在極短篇故事集《羽毛》（*Plume*）中對神祕迷幻心境的描述。

我們目睹了最新的偉大文學發明，出自短篇小說大師波赫士之手。他的發明就是讓自己當小說敘事者，而這顆「哥倫布的蛋」讓年近四十歲的他突破障礙，從論述性散文創作轉向敘事性散文創作。波赫士的創作構思是假裝他原本要寫的那本書已經被寫出來了，由假想中來自另一個文化的某個不知名作家用另一個語言書寫完成，波赫士要做的事是描述、摘要並評論那本杜撰作品。這個軼事是波赫士的傳奇事蹟之一，他用這個公式寫的第一個短篇小說〈向阿爾莫塔辛邁進〉（*El acercamiento a Almotásim*）很精采，於一九四〇年發表在《南方》雜誌（*Sur*）上，當時被誤認為是他真的為某個印度作家所寫的書評。就像所有評論波赫士的文章必然會提到，他會藉由一個想像或真實的圖書館內藏書，將他每篇文章的空間放大兩倍或數倍，而那些藏書也許很經典，也許很龐雜，也可能是他虛構的。但我更想談的是波赫士如何用清透、樸實無華、流暢的文筆書寫，毫不費力就走入無垠之境，以及他說故事如何簡明扼要、絕不拖沓，用字精準明確，用創新的句法結構和出人意表、教人驚豔的形容詞，展現多變節奏。因為波赫士，文學可以平方倍增，同時也可以開平方倍減，那是一種「潛在文學」，這個詞彙後來才出現在法國，但是早在《虛構集》（*Ficciones*）的假想作者赫伯特・奎恩（Herbert Quain）作品中就已見到這樣的伏筆和敘事模式。

簡潔是我想談的主題其中一個面向而已，我只能說我夢想有一天能用一首短詩的篇幅便道盡宇宙學、北歐傳奇和英雄史詩故事。我們面對越來越壅塞的未來，文學訴求更應該全力聚焦在詩歌和思維上。

波赫士和畢歐伊・卡薩雷斯（Adolfo Bioy Casares）合編了一本選集《異趣極短篇》（*Cuentos breves y extraordinarios*）。我想編纂一本單句或單行極短篇合集，可惜截止目前為止，我還沒找到任何一篇能夠超越瓜地馬拉作家奧古斯托・蒙特羅索（Augusto Monterroso）的「當他醒來時，恐龍還在那裡」。

我知道這一講從許多看不見的關聯出發，往不同方向開枝散葉，恐怕有收不回來的疑慮。不過我今晚談的，及上一講談到的所有議題，可以做一個整合，因為這一切都由我崇敬的奧林帕斯山神祇赫耳墨斯—墨丘利（Hermes-Mercurio）掌管，祂是傳播與調解之神，也是古埃及神話裡文字的發明者托特，而根據榮格所做的煉金術象徵作用研究，「墨丘利精靈」代表的是個體化原則。

墨丘利腳上有翅膀，在空中輕盈飛翔，身手靈巧敏捷，個性圓融，從容自在，能夠聯繫神祇之間、神與人之間、宇宙法則和個體需求之間、自然力量和文化形式之間、世間萬物之間和所有會思考的主體之間的關係。我若要為我的文學建言選擇守護神，捨祂其誰？

古老智慧中，微觀宇宙和宏觀宇宙的關係可以在心理學和占星術、性格和氣韻、行星和星宿之間找到對應，而水星的狀態最搖擺不定，難以界定。不過根據普遍看法，受水星影響的人擅長交流、貿易，應變能力佳，跟受土星影響的人個性憂鬱、孤僻，偏好沉思正好相反。自古以來咸認為土星性格的人適合當藝術家、詩人、思想家，在我看來確實如此。可想而知，如果不是因為某些人具有強烈內省性格，不滿現實，忘我地盯著靜止無聲的文字一看就數個小時甚或數日之久，也就不會有文學了。我自己的個性很符合我所從事的工作屬性，不管我如何努力為自己戴上截然不同的面具，我都是土星人。我對水星墨丘利的崇敬或許只是出於憧憬和嚮往，我是一個想要當水星人的土星人，我寫的所有一切都受到這兩個行星的影響。

土星固然對我有所影響，但我並不崇拜對應土星的希臘神祇克洛諾斯，除了敬畏，我對祂沒有其他感覺。我反而喜歡另一個跟土星有親屬關係的神祇，祂不是以古代太陽系七大行星命名，因此沒有受到占星學和心理學過多青睞，但早從荷馬時期開始就在文壇享有盛名，我說的是火神赫菲斯托斯。祂不在天際間遨遊，而是待在火山山腳下，關在自己的鐵匠鋪裡勤奮不懈地打造各種做工講究細緻的精品，包括給諸神的珠寶和裝飾品、兵器、盾牌、羅網和陷阱。火神因跛足步履蹣跚，鐵鎚敲打聲起落，跟墨丘利的輕盈飛翔形成對比。

說到這裡，我得談一談我偶然間看到的一本書，有時候閱讀從嚴謹學術角度而言很難分類的怪書，有助於釐清思緒。我是在研究塔羅牌符號體系時讀到那本書，《我們的想像史》（*Histoire de notre image*，日內瓦出版，一九六五），作者是法國心理學家安德烈．維萊爾（André Virel），就我所知，他是榮格學派學者，專攻集體想像力研究。他認為墨丘利和火神代表不可分割且互補的兩種生命機能，前者代表和諧共振，亦即與我們周遭的世界融合為一，後者代表聚焦，亦即具建設性的專心一志。墨丘利和火神都是掌管個體化和社會化認知的諸神之王朱比特的兒子，墨丘利因為母親的關係，是掌管無差別連續「循環性情感疾病」時期的創世神烏拉諾斯（Uranus）後裔，火神則是掌管自我中心、與世隔離「思覺失調」時期的羅馬農神薩圖恩努斯的後裔。薩圖恩努斯推翻了烏拉諾斯，朱比特又推翻了薩圖恩努斯，最後在朱比特公正光輝的國度裡，各自帶著某個原始黑暗記憶的墨丘利和火神將原本具毀滅性的缺陷轉換成正面的和諧共振與專心一志。

在我閱讀了墨丘利和火神之間的對比和互補的相關解釋後，才慢慢想清楚之前隱隱約約有所體會的一些事，關於我自己的事，關於我是什麼樣的人，想當什麼樣的人，關於我怎麼寫，以及未來可以怎麼寫。火神的專心一志和工匠精神是書寫墨丘利的冒險和變形故事的必要條件，而墨丘利的靈巧敏捷是讓火神孜孜不倦辛勤工作有其意義的必要條件，讓不成形的無用礦脈石變成諸神的象徵物，如西塞拉琴、三叉戟、長矛和冠冕。作家的工作必須考慮不同的時間感：墨丘利的時間感和火神的時間感，一個是經過耐心和細心整理後得到的當下啟示，一個是瞬間直覺一浮現就成為再無其他選擇的不可改變性。還有一種是讓感情和想法沉澱、成熟，擺脫急躁和曇花一現偶然性的時間流逝感。

這一講我用一個故事當開頭，現在讓我再說一個故事做結尾。這是一個中國故事。

莊子多才多藝，亦擅長丹青。君王請他畫一隻螃蟹，莊子說他需要五年時間、一座莊園和十二名傭僕。五年後他依然未動筆。「我尚需五年。」莊子如是說。君王應允。

十年之期屆滿之際，莊子拿起畫筆，一眨眼，一揮毫，便畫了一隻螃蟹，前所未見最完美的一隻螃蟹。

準

第三講

對古埃及人而言，象徵精準的是放在天平一端，用以測量靈魂重量的羽毛。那根輕飄飄的羽毛名為瑪特（Ma'at），代表天平女神。而瑪特的聖書體也是長度單位，相當於三十三公分的標準磚塊長度，同時是笛子的基準音。

這是我一九六三年在義大利聆聽哲學家兼科學史家喬治．德．桑蒂拉納（Giorgio Diaz de Santillana）以古人觀測天象的精準度為題所做的演講上知道的，對我造成深遠影響。最近我常常想起他，一九六〇年我第一次造訪美國，桑蒂拉納就是我在麻薩諸塞州的嚮導。為了紀念他的情誼，也因為我是天秤座的緣故，所以我以天平女神瑪特之名切入今天演講的主題：文學中的精準。

首先我會先試著界定這個主題。對我而言，精準主要是指以下三點：

(1)作品構思明確周詳。

(2)能有清晰、深刻、令人難忘的視覺畫面聯想，義大利文有一個形容詞 icastico，意思是「生動且富有意義」，源自希臘文 eijkastikov，英文沒有這個詞。

(3)用以表達想法和想像力的用詞遣字及細膩渲染力求精準。

為什麼我覺得有必要站出來維護可能許多人都認為是顯而易見的價值呢？我想促使我這麼做的首要原因是我對一件事超級敏感，或者可以說是反感：我認為一直以來在文字的使用上過於馬虎、隨興、輕率，讓我感到厭煩難以忍受。請不要誤會成是我對他人感到不耐，最讓我不舒服的是聽我自己說話。所以我盡可能少說話，我之所以喜歡書寫是因為寫作的時候，只要有需要，每句話想改多少次都行，直到我排除所有讓我感到不滿的原因為止，倒不一定是要改到我對我的文字滿意才罷休。文學，我指的是符合此一標準的文學，是應許之地，在那裡所有文字都變成原本應有的樣子。

有時候我覺得人類最具特色的能力因為瘟疫大流行備受打擊，我指的是詞語運用能力，這場文字瘟疫的病徵在於失去認知能力，直接性不足，變成自動化反應，傾向用最普通、平庸、抽象的公式讓表達單一化、扁平化，囉嗦冗長，把詞語與新境況交鋒時激起的火花全都熄滅。

我並不想探究這場瘟疫的起源，是來自政治、意識形態、官僚制式體系、大眾媒體同質化，或是學校教育的平庸化。我想知道的是有沒有恢復健康的可能性。文學（或許只有文學）可以產生抗體，阻止文字瘟疫蔓延。

我想補充一點，我認為被瘟疫攻擊的不只有文字，還有圖像。我們每天被無止境的大量圖像轟炸，那些強勢媒體不斷將世界轉化為圖像後，透過鏡像遊戲的幻術予以加乘，這些圖像絕大多數都缺乏每一幅圖像原本該有的內在必然性，有了內在必然性，圖像才能兼顧形式與內涵，引人關注，具有各種可能的象徵意義。這些「圖像雲」絕大多數會跟夢境一樣瞬間消失，在記憶中不留下任何痕跡。不會消失的是疏離感和不安感。

或許不只是圖像或文字有空洞化的問題，整個世界都是如此。受這場瘟疫影響的還有我們的生活和國家歷史，所有歷史都扭曲變形，隨機發展，混亂失序，不見起點亦不見終點。我的不安感來自於我察覺到生活中的形式正在流失，而我唯一想到可以嘗試的反抗行動，是從文學概念出發。

我也可以從反面角度切入來闡述我意欲維護的「精準」這個價值。至於能不能用同樣言之成理的觀點為立場相左的論述辯護，有待觀察。舉例來說，賈科莫·萊奧帕爾迪認為文字越模糊、越不精確，就越有詩意。

（值得順帶一提的是，我想應該只有義大利文的「模糊」（vago），同時也意味「可愛、吸引人」。這個字是由「漂泊、漫遊」（vagare）延伸而來，所以本身有移動、易變的意思，既代表不確定、不明確，也可以用來形容可愛、愉悅。）

接下來我要以萊奧帕爾迪在《隨想》中對「模糊」的讚揚來證明我推崇精準有理。他說：「『遙遠』、『古老』等類似詞彙都充滿詩意，令人感到愉悅，因為能啟發博大、不確定的想法。」（一八二一年九月二十五日）「『夜晚』、『夜間』等等關於夜的描述很詩意，因為夜晚時分當物影朦朧，心靈只能感知到模糊、難辨、不完整的物之意象，而非物本身具有的意象。『黑暗』、『深沉』等詞彙亦然。」（一八二一年九月二十八日）

萊奧帕爾迪的詩就是這個論點的完美示範，用事實證明該論點不容置疑。我繼續在《隨想》書中尋找他展現此一執著的其他例句，找到了一段長註解，他羅列出有助於心靈處在「不確定」狀態的各種情境：

……在看不見、也無從發現光源的地方所看見的陽光或月光；被這種光局部照亮的地方；這種光的反射及衍生的各種光影效果；這種光照入某些地方，因受阻撓變得若隱若現、若有似無，例如蘆葦叢、樹林或半遮掩的陽臺等處；在光並未直接照入的地方或照射的物件上看到從有這種光直接照射的其他地方或物件反射擴散而來的光；在過道或涼廊等處由內往外或由外往內看光影交融，或是在拱門下或挑高涼廊內，在山谷的峭壁和溝壑之間，或在丘陵的陰影處，看高處如何鍍上金光；光透過彩色玻璃窗照在物件上的光反射穿透彩色玻璃窗；以及所有那些因材質互異、環境不同而以不確定、模糊難辨、不完美、不完整、失序狀態出現在我們視覺和聽覺等感官知覺中的物件。

萊奧帕爾迪希望我們從中體會不確定和朦朧之美！然而他要求我們以高度精準和細膩用心在每個畫面的構圖、鉅細靡遺的細節，以及如何選擇物件、照明和氣氛上，以得到他追求的朦朧感。換言之，我原本選擇萊奧帕爾迪作為我讚揚精準的最佳反面教材，結果他成了支持我觀點的關鍵證人……。唯有精準詩人才能當朦朧詩人，才知道如何用堅定、迅捷的眼睛、耳朵和雙手捕捉最細微的感受。我想繼續把《隨想》的這條註解看完，看他如何將對不確定的追求轉化為對多樣、集體、細節的觀察：

如果在城市裡看到這種光，感覺更美好，更觸動人心，城裡的光被陰影切割得參差不齊，在許多地方形成明暗對比，例如在屋頂上，那裡的光有部分會漸漸暗去，有些隱密角落看不見星光閃爍。之所以感覺美好，在於多樣性、不確定性、只能看見一鱗半爪，由於無法得見全貌，因此可以讓想像力馳騁。鄉間的樹木、一排排葡萄藤架、山丘、涼棚、農舍、乾草堆和高低起伏的田壟也有類似效果。或是與之相反的一成不變的遼闊平原，陽光或月光普照，沒有變化，也沒有阻礙，一望無際，感覺同樣美好，因為視覺可以無盡延伸的一種美好。萬里無雲的天空也是如此。但我覺得多變和不確定的樂趣更大於看似無窮和無垠的一致性，所以有些許雲彩的天空或許比萬里無雲的天空更為賞心悅目，而變化有限的天空景色又不如地面和鄉村的景色宜人（也是因為天空景色比較不像人間風景，少了一點我們的樣子，不像我們擁有的東西）。事實上，如果你仰臥，只看著與大地分離的天空，感覺遠不如對著鄉間風光那般百看不厭，也不如在天空和陸地間找到呼應關係、以同樣觀點思考天空時那般令人感到愉悅。

> 基於上述原因，同樣令人感到愉悅的還有「數大就是美」，例如星辰或人群，以及多重、不確定、混亂、不規則、無秩序的律動和隱約起伏等等，都是心靈無法判斷，也無法明確清晰感知的，如蜂擁人群，或螞蟻大軍，或洶湧波濤等。類似的還有紛亂混雜、無法一一區別的多種聲音。（一八二一年九月二十日）

接下來談的是萊奧帕爾迪最具代表性的一首詩，也是他所有抒情詩中最美、最有名的〈無窮〉（*L'infinito*）。在籬笆阻隔下，抬頭只能看見天空，詩人想像著無垠空間時既覺得害怕，又感到欣喜。這首詩寫於一八一九年，我在《隨想》中看到他在兩年後所寫的札記，證實萊奧帕爾迪仍持續思索〈無窮〉這首詩在他心中留下的疑惑。他不斷拿「不確定」（indefinito）和「無窮」（infinito）作比較。對萊奧帕爾迪這個不快樂的享樂主義者而言，未知永遠比已知更有吸引力，希望和想像是歷經失望和傷痛後的唯一慰藉。人將自己的欲望投射於無窮，只要想像它沒有終點便會感到喜悅。但是人類心靈無法體會無窮，甚至光是想到無窮這個概念就感到畏懼，因此自滿於不確定，以及兩者混為一談後給人的無限、虛幻亦不失喜悅的感受。不僅在〈無窮〉著名的結尾「在這片大海中載浮載沉我亦覺得妙不可言」中，美妙愉悅壓過了驚慌失措，整首詩即便在表達焦慮的時候，也因為文字的音韻反而傳達出一種溫柔感。

我知道我純粹從感受角度來解釋萊奧帕爾迪，像是接受了他加諸在自己身上的十八世紀感覺主義信徒的形象。其實他面對的問題是思辨的和形而上的，這個問題主導了哲學史上自巴邁尼德斯（Parmenides）至笛卡兒和康德都面對過的問題：從無窮概念切入思考絕對空間和絕對時間和從經驗出發對空間和時間的認知兩者之間的關係。萊奧帕爾迪從時間和空間的抽象嚴謹數學概念出發，跟不確定的模糊感受變化作比較。

奧地利作家羅伯特．穆齊爾（Robert Musil）未完成的大部頭長篇小說《沒有個性的人》（*Der Mann ohne Eigenschaften*）中，主人翁烏爾里希的哲學思想和反諷自嘲就搖擺在兩極化的精準和不確定性之間：

如果此刻觀察的對象是精準本身，將它獨立出來任其發展，視其為一種思維習慣和生活態度，以確保它發揮自身力量影響觸及的一切，最終會形塑出一個精準和不確定的矛盾組合體，這個人擁有百折不撓、刻意為之的冷漠，是跟精準相吻合的一種氣質，但除了這個特質之外，剩下的就只有不確定。（第一部，下，第六十一章）

穆齊爾最接近可能答案的時候，是他想起「數學題沒有通解，只接受奇異解，不同奇異解的組合就很接近通解」（第八十三章）的時候，他覺得這個方法也適用於人生。多年後，心裡同時住著精準惡魔和感性惡魔的另一位作家羅蘭·巴特自問，有沒有可能構思出一門獨一無二、無法複製的科學：「為何不能為每個題旨成立一門新科學呢？而且是『單一科學』，而非『普遍』科學。」（《明室》）

如果穆齊爾筆下的烏爾里希很快就因為追求精準的熱情受挫而放棄，我們這個世紀另一位了不起的知識分子代表人物，梵樂希筆下的太司特先生，則對人類心靈能以最精準、最一絲不苟的形式完成自我實現深信不疑。如果說萊奧帕爾迪這位歌頌生之悲的詩人在勾勒描繪能帶來愉悅感受的不確定性時展現了一絲不苟的精確度，那麼梵樂希這位嚴謹自持的詩人則是在讓他的太司特直面疼痛，以抽象的幾何學運算對抗身體的煎熬苦痛時，展現了一絲不苟的精準度。

「這沒什麼……大不了的，」他說，「沒什麼……只不過出現了十分之一秒……不……是在剎那之間，我的身體被照亮了……。這很奇妙。我突然可以看進我身體裡……可以辨認層層疊疊的肌肉深處，感覺到疼痛的區域，那痛是環狀的、點狀的、片狀的。你們看到這些有生命的圖形沒有？這些幾何圖形就是我的痛，有些很像靈感乍現的一閃而過，讓你從這裡到那裡都能感覺到痛，但又**不確定**。不確定這個說法不夠貼切……。當那個**東西**要出現的時候，我就察覺自己身體裡面有什麼變得模糊或散亂……。那些東西出現在我身體裡……朦朦朧朧看不清的地方，感覺起來一大片一大片的。然後我就從記憶中挑一個問題出來，隨便什麼問題……我專心去想它。不然我就數沙粒，直到我能看見那些東西……。我的痛逐漸加劇，需要我全神貫注。我用力想！我只差沒有呻吟出聲……等我明白那是什麼之後，那個**東西**，那個可怕的**東西**，變得越來越小，越來越小，最後從我的內在視線中消失……。」

梵樂希在二十世紀給詩下了一個非常精闢的定義：追求精準。我接下來主要要談的就是他以評論家和隨筆作家身分寫的一本書，他在書中從馬拉美追本溯源到波特萊爾再到愛倫．坡，從文藝觀點出發爬梳「精準」的發展。

梵樂希發現在波特萊爾和馬拉美眼中的愛倫．坡「是清醒的惡魔，分析的天才，邏輯與想像力、神祕主義與精密計算的迷人新組合的發明家，是傑出的心理學家，也是鑽研並懂得善用所有藝術資源的文學工程師……」。

這是梵樂希在散文〈波特萊爾情境〉（*Situation de Baudelaire*）所言，對我來說，這篇文章和談愛倫．坡的散文詩〈我得之矣〉（*Eureka*）及宇宙起源論的另一篇文章都極為重要性，堪稱詩學宣言。

梵樂希在談愛倫．坡〈我得之矣〉的文章中探討宇宙起源論，視其為一種文學題材而非科學研究，對於何為宇宙提出精彩論述，同時再次肯定宇宙中每一個畫面本身承載的神話力量。他在文章中跟萊奧帕爾迪表現的一樣，對無窮既著迷又厭惡⋯⋯，梵樂希假設宇宙論是一種文學題材的作法，就跟萊奧帕爾迪撰寫某些「偽」散文詩一樣，例如談地球成形到毀滅的〈斯特拉托內・達・蘭帕斯克偽經拾遺〉（*Frammento apocrifo di Stratone da Lampsaco*），說地球像土星環那樣變扁平後抽空，崩解潰散，在陽光照耀下焚燒殆盡，還有一篇偽猶太教塔木德經文〈原雞之歌〉（*Cantico del gallo silvestre*），描述整個宇宙死亡後消失：「廣袤空間裡，空無死寂，一切靜止。這個令人崇敬和畏懼的宇宙生存奧祕，在被宣告或理解之前，消散絕滅。」在這段文字中讓人感到驚懼、難以想像的不是無窮虛空，而是存在。

這場演講並未按照我原先設定的方向發展。我一開始談的是精準，不是無窮或宇宙。我想告訴你們的是我對幾何形式、對稱、序列、組合、數字比例的偏愛，向你們說明我以界限、度量概念為主題寫了什麼⋯⋯。或許就是這個想法帶出了所有那些無窮盡的概念，包括整數的連續性、歐幾里得的直線⋯⋯。與其跟你們談我如何寫出我已經寫完的，不如跟你們說說我還沒能解決的問題、我不知道該如何解決因此我可能可以寫什麼，應該會更有趣⋯⋯。有時候我想要把注意力集中在我想寫的故事上卻發現我感興趣的是另一個故事，還不清楚另一個故事會是什麼，但跟我應該要寫的故事完全無關，而是那個特定主題跟它所有可能的變動和替代方案之間的關係，或是在時間和空間中可能發生的種種。這個執念吞噬一切，破壞力強大，讓我動彈不得。為了對抗它，我試著先劃出我要談論的範圍，再將之區分為幾個小範圍，然後再加以細分，以此類推。結果我再次頭暈目眩，那些細節中的細節中的細節，讓我陷入無窮小、無限小之中，正如之前我被困在無限大之中。

法國小說家福樓拜說「神在細節裡」，我想用布魯諾的哲學觀點來解釋這句話。布魯諾是有遠見的偉大宇宙論學者，他認為無窮宇宙是由無數世界組成，但是不能說宇宙「完全無窮」，因為那些世界中的每一個世界都有所窮。「完全無窮」的是神，「因為祂的一切在整個世界中，而且是無窮、全然地在這世界的每一個部分之中。」

近年我最常閱讀，而且反覆閱讀思索的義大利文書是保羅．澤里尼（Paolo Zellini）的《無窮之簡史》（*Breve storia dell'infinito*，米蘭 Adelphi 出版社，一九八〇年），他用波赫士對無窮的著名惡評：「這個概念會腐蝕並改變所有其他概念」作為開頭，然後一一回顧與無窮這個主題相關的所有論述，最後不但讓無窮延伸消弭於無形，還逆轉為無限小的聚集。

我相信還有其他作者也以文學作品的形式選擇和宇宙論模式（即一般神話框架）的需求之間的這個關係為創作出發點，只是他們未曾言明。這種對幾何式構圖的喜好，在世界文學史上最早可追溯到馬拉美，當時的背景是秩序與失序對立，那是當代科學的根本。宇宙解體為一團熱量雲，無可挽回地化為一個混亂[6]的漩渦，但是在這個不可逆的過程裡，會有某些區域的秩序、一定比例的存在物試著發展形式和優勢，從中可隱約看見一個藍圖，或一個前景。文學作品正是這些比例中的一小塊，存在物結晶後有了形式，有了意義，但未定形，未確定，不是僵化成固定不動的礦石，而是有生命的有機體。詩是偶然性最大的敵人，卻又是偶然性的產物，因為偶然性永遠會取得最後勝利。「擲骰子永遠避不開風險」。

要在這個框架中重新評估二十世紀前數十年應用在具象藝術上，及之後應用在文學上的邏輯—幾何—形而上方法。我們可以用晶體為代表，將眾多各有特色的詩人和作家區分開來，例如法國的梵樂希、美國的史蒂文斯（Wallace Stevens），德國的哥特佛利德・貝恩（Gottfried Benn）、葡萄牙的費爾南多・佩索亞、西班牙的拉蒙・戈麥斯・德拉塞爾納（Ramón Gómez de la Serna）、義大利的馬西莫・波騰培利（Massimo Bontempelli）和阿根廷的波赫士。

晶體有精準的刻面及折射光線的能力，我始終認為它是完美象徵。當我知道晶體的生成和成長過程中有某些特性與最基本的生物體十分相似，形成礦物世界和生物世界之間的橋梁，我對它的偏愛便更有意義。

為了能夠激發想像力，我埋首科學書籍中，最近碰巧讀到生命體成形過程的模式「一方面像晶體（體現特定結構的不變性和規則性），另一方面像火焰（體現即便內部持續騷動，但外部形式依然維持恆常不變）」。這段話出自認知科學學者馬西莫・匹亞特利—帕馬里尼（Massimo Piattelli-Palmarini）為《語言與學習》（*Language and Learning*，一九七九年）撰寫的序言，這本書如實記錄了一九七五年心理學家皮亞傑（Jean Piaget）和語言學家杭士基（Noam Chomsky）在法國羅亞曼修道院進行的一場「辯論」。用晶體和火焰這組對照體現生物學的替代方案，再由此轉而探討語言和學習能力的理論。

我先略過皮亞傑和杭士基各自立場在科學哲學中的含義不談。皮亞傑主張「噪音中得秩序」，也就是火焰，杭士基則主張「自組織系統」，也就是晶體。

我感興趣的是這兩個象徵物並列，很像我在上一講談到的十六世紀紋章圖案。晶體和火焰，兩種讓人百看不厭的完美形式，兩種消耗周邊其他物質、隨時間持續茁壯的成長模式，兩種道德象徵，兩種絕對，兩種就行為、理念、風格和情感而言都截然不同的類型。稍早我談到二十世紀文壇的「晶體黨」，我想應該也有一個類似名單，可以另組「火焰黨」。我始終認為我是晶體黨的支持者，可是我引述的文字告訴我不能忘記火焰的作風調性和存在形式也有其價值。我只希望自詡為火焰信徒的人不要無視晶體示範的冷靜與刻苦。

另一個象徵更複雜，但也讓我更能夠表達出幾何理性思維和人類生存糾結之間拉鋸關係的是城市。我想《看不見的城市》是我觸及最多議題的一本書，因為我得以將我所有省思、經驗和假設都集中在唯一的象徵上，也因為我建立了一個多刻面結構，每一篇短文緊鄰其他短文，雖然彼此接續但並無因果延續性，不是等級關係，而是一張網，可以畫出多條路徑，得到多重衍生結論的一張網。

在《看不見的城市》裡談到的每一個概念和價值都具有雙面性，包括「精準」。忽必烈突然表現出智者理性化、幾何化和代數化的傾向，將他所知的帝國約化為棋盤上各個棋子的排列組合。他用城堡、主教、騎士、國王、皇后和士兵在黑白方格上的組合變化來呈現馬可波羅向他鉅細靡遺描述的城市。忽必烈這麼做最終得到的結果是，他征服的不過是單一棋子所在的那一格鑲嵌木塊，象徵空無……。這時候出現了一個戲劇性轉折，馬可波羅請忽必烈仔細觀察他以為的空無：

大汗企圖集中心神觀棋，但現在令他困惑的是棋賽的理由。每盤棋局最後都有輸贏，輸贏什麼？真正的賭注是什麼？將軍的時候，勝利者伸手拿走國王，國王腳下只餘空無，只留下黑色或白色的方格。為了將征服之地化約為本質，忽必烈一步步拆解，此刻使出絕招，最終的征服化約為棋盤上的一塊方格。相形之下，帝國各式各樣的寶藏不過是虛幻的外殼。

這時馬可波羅說：「陛下，您的棋盤是用兩種木料，黑檀木和楓木鑲嵌而成。您慧眼凝視的方格，取自乾旱之年生長的那一輪樹幹，您看到它的纖維如何排列的嗎？這裡有一個微突的節點，應該是早春時節有一天原本要發芽，但是夜間降霜阻止了它。」大汗這時才發現這個異國人已經能流利無礙地用他的語言表達，但是讓他感到訝異的不是這件事。「這裡有一個略大的孔洞，也許是某種幼蟲的巢穴，不是蛀蟲，若是蛀蟲，孵化後就會繼續鑽洞，應該是會啃噬樹葉的毛毛蟲，所以這棵樹才會被選中砍伐……。這個邊緣被木工用弧口鑿刻雕過，才能和旁邊的方格凸面鑲入接合……。」

從一小塊平滑空無的木頭能看出那麼多事情，忽必烈聽得很入迷。而馬可波羅已經開始談黑檀木森林，裝載樹幹的木筏如何順流而下，抵岸，和那些倚窗而立的女子……。

寫完這一篇故事後，我很清楚我追求的精準分兩個方向發展。一是將偶發事件簡化為可以運算並證明定理的抽象公式，一是努力讓文字盡可能準確呈現事物的有形面向。其實我寫作時總是會遇到兩條分歧的路徑，分別代表不同類型的「認識」，其一在無形的理性精神空間裡移動，劃出可以把點、投影、抽象形式和力向量連起來的線；其二是在充滿物的空間裡移動，創造出與該空間相等的文字填滿頁面，努力讓書寫的和未書寫的、可言說及不可言說之總和相符合。這是追求精準的兩種不同動力，永遠無法得到絕對滿足，一是因為自然語言說的永遠比人工語言要多，自然語言永遠會夾帶一定數量的噪音干擾訊息本質；一是因為在呈現我們周遭這個世界的稠密度和連續性的時候，語言總是顯得空洞、不完整，說的比我們體會的總和要少。

我一直在這兩條路之間搖擺，當我覺得已經充分探索其中一條路的可能性之後就投身另一條路，反之亦然。所以近幾年我輪流做故事結構練習和描述練習，今天後者頗受冷落。就像小學生寫作業，題目是「描述長頸鹿」或「描述星空」，我在筆記本上寫滿這類練習，再用這些練習當作材料寫了一本書，這本書是《帕洛瑪先生》，英文版剛問世，那是一本與微不足道的知識有關的日記，關於如何與世界建立關係，關於沉默和話語帶來的滿足和失落。

在這條探索道路上，多位詩人的經驗長伴我左右。我想到美國詩人威廉斯對仙客來葉片細緻入微的描述，能讓人從他的描述中意會葉片的形，能讓花綻放，也成功賦予詩猶如植物般的輕盈感。我想到另一位美國詩人瑪麗安·摩爾（Marianne Moore），她在寫穿山甲、鸚鵡螺和所有成為她詩中主角的那些動物時，融合了動物學專書的知識、象徵意義和比喻，讓每首詩都像是一則警世寓言故事。我還想到義大利詩人蒙塔萊，他的〈鰻魚〉（*L'anguilla*）可以說集前兩位詩人之大成，整首詩是一個長句，彷彿鰻魚的形狀，描述鰻魚的一生，讓鰻魚成了某種警世象徵。

最特別的是法國詩人佛朗西斯·龐奇，他那些短短的散文詩在當代文壇獨樹一格。在他的小學生「作業簿」上，他首先要做的練習是以一連串實驗、草擬、仿真的文字，描述世界各個面向的延伸。龐奇對我而言是無人能及的大師，因為《採取事物的立場》（*Le parti pris des choses*）中的短詩和朝同樣方向前進的其他詩集，不管描述的是蝦、石頭或肥皂，皆是為了讓文字成為「物語」而跟文字作戰的最佳範例，從物出發，帶著我們投注在物上的所有人性再返回我們自身。龐奇自己說過，他想要透過這些短詩文和以短詩文為本改寫的「異文」，寫出新的《物性論》。我認為我們可以說，用微塵般的無形文字重建世界物性的龐奇，就是我們這個時代的盧克萊修。

在我看來，龐奇跟馬拉美同等重要，兩者方向分歧但互補。馬拉美的文字追求極致精準，接近極致抽象，並指出虛無是世界的最終本質；龐奇則是以最卑微、偶然、不對稱的物之形式呈現世界，文字是為讓人體會這些不規則、細微複雜形式的無窮多樣性而服務。有人認為文字是認識世界最終、唯一、絕對本質的媒介，但是與其說文字可以再現此一本質，不如說文字即本質（所以說它是媒介就錯了）。文字只認識自身，不可能用來認識世界。但是也有人視使用文字為對物的無止境探求，意圖趨近物的無窮多樣性，觸及物變化無窮的多重形式表面，而非物的本質。奧地利小說家霍夫曼斯塔（Hugo von Hofmannsthal）就說：「深刻須隱藏。藏在何處？藏在表面」。奧地利哲學家維根斯坦（Ludwig Wittgenstein）說得比霍夫曼斯塔更直白：「凡是藏起來的，我們不感興趣」。

我不至於如此斷言。我想我們始終在追逐某些隱藏或潛在或假設性的東西，追蹤浮出地表的各種軌跡。我認為我們的基本心智運作，從舊石器時代以狩獵、採擷維生的先民開始，歷經人類歷史上所有文化的洗禮也不會有所改變。文字將看得見的軌跡與看不見的、不在場的、渴望的或令人害怕的事物連結起來，就像是懸在虛空中一座搖搖欲墜的臨時吊橋。

所以對我來說，正確使用文字可以讓對於物不透過語言吐露的種種心懷尊敬的我們慎重、專注、謹慎地靠近（可見或不可見的）物。

和語言展開攻防，以捕捉難以用言語表達的，達文西堪稱最佳代表。達文西手稿是精彩的文獻資料，記錄了他如何與難對付、棘手的語言搏鬥，以求能做到更豐富、細膩和精確的表達。處理理念分為不同階段，龐奇選擇出版一本又一本詩集，因為真正的作品不在於明確的形式，而在於得到明確形式前一步步靠近的過程。對作家達文西來說，這些不同階段證明他投注了多少心力在寫作這個認知工具上，以及他想寫的每一本書，讓他感興趣的都是研究過程，而非完成書稿準備出版。達文西寫了一系列以物和動物為主題的短篇寓言故事，就寫作題材而言也跟龐奇十分接近。

讓我們以火的寓言為例。達文西先寫了一份簡易摘要（火是「高階元素」，對於水裝在鍋子裡、頂在自己頭上感到十分不滿，於是不斷升高火舌，直到把水煮沸溢出後將火澆熄），之後陸續寫了三篇草稿，都未完成。內文一共三段，每次他都會添加一些細節，描述火焰如何從一小塊木炭竄起，在柴薪縫隙間鑽來鑽去，劈劈啪啪作響，火勢越燒越旺。但達文西沒有再往下寫，或許是因為他意識到即便是一個很簡單的故事，同樣可以無止盡做細節描述。一個關於廚房爐子裡木頭燃燒的故事，也可以由內部增生，無限延長。

達文西說他自己是「沒有文化之人」，因為他與書寫文字的關係不佳。他知識淵博，但是不懂拉丁文和文法，因此難以用文字與同時代的文人雅士交流。其實他認為用圖像遠比用文字更能夠如實記錄他的科學（「作家啊，你要如何用文字完整描述這幅人體圖的完美樣貌呢？」他在解剖筆記中寫下如是批註）。不只是科學，達文西也認為哲學要用繪畫和設計圖才更能夠說清楚。但是他心裡依然覺得需要書寫，用書寫探究世界展現的多重形式和奧祕，同時形塑他的幻想、情緒和怨恨（他抨擊文人，認為他們只會複誦在別人寫的書上看到的話，而他則是「發明家及大自然和人類之間的傳譯者」）。於是他越來越熱衷書寫，後來他甚至放棄繪畫，一邊思考一邊書寫一邊畫設計圖，以設計圖和文字作為唯一論述，用左手書寫思辨，填滿他的筆記本。

達文西在《大西洋古抄本》（*Codex Atlanticus*）二六五頁開始寫註釋，以證明地球生長論點。他先以被大地吞噬的城市為例，之後談在山上找到的一些海洋生物化石，特別是可能屬於上古時期一隻海怪的骨骸。這時候，他開始想像那隻龐然巨獸破浪泅游的畫面而悠然神往。於是他將圖紙上下翻轉，想要把那一幕記錄下來，試了三次才寫出一句話，體現他回想那個畫面的美妙感受：

哦多少次見你在波濤洶湧大海中，黑色背脊上毛刺聳立，仿若龐然大山，儀態肅穆端莊。

之後他加上動詞「迴旋」，以增加海怪的律動感。

屢次見你在波濤洶湧大海中，肅穆端莊迴旋泅游。黑色背脊上毛刺聳立，仿若龐然大山，戰勝並征服大海！

但他覺得「迴旋」不足以彰顯他想要的宏偉莊嚴氣勢，於是他另選動詞「犁耕」，並修改了句型結構，讓句子更緊湊也更有節奏感，展現充滿自信的文學素養：

哦多少次見你在波濤洶湧大海中，仿若龐然大山，戰勝並征服大海，毛刺聳立的黑色背脊犁耕破浪，儀態肅穆端莊！

緊跟著象徵大自然莊嚴力量的海怪現身過程，我們得以窺見達文西如何發揮想像力。我在這一講結束之際，將這個意象交給你們，希望你們能長久保存在記憶裡，記住它的純淨與奧祕。

6 原文以熵來形容漩渦，熵是動力學中能量的一種指標，用以計算一個系統中的失序混亂現象。

顯

第四講

但丁的《神曲》〈煉獄〉（第十七歌，二十五行）有一句詩：「而後落下，在高妙想像中」。今天晚上這一講就從這句話開始：想像是落下之所在。

我們先來看看〈煉獄〉這句詩的文本脈絡。但丁來到懲罰憤怒者的煉獄第三層，他思索著直接在他腦中成形的那些意象，都是經典著作和聖經故事中因暴怒而受到懲罰的代表案例，於是他明白這些從天而降的意象，是上帝傳送給他的。

在煉獄的每一層，除了與天堂、地獄不同的景物和天穹外，但丁會遇見懺悔的罪人靈魂及超自然生物，他還會見到一些畫面，是以引述或復現的方式呈現罪過與美德案例，先以看似會動會說話的淺浮雕形式出現，之後有如顯現投影在他眼前，有如聲音傳入他耳中，最後出現的則純然是心靈意象。這些顯現逐漸內化，彷彿但丁意識到無須為每一層創造一個新形式的後設表述（metarappresentazione），無須透過感官，只要將顯現放入心靈之中。

然而在此之前，得先釐清何為想像。但丁用兩段三行詩說明（第十七歌，一三—一八行）：

想像啊，有時候你從我們這裡奪去
我們的魂魄，縱有一千支號角齊鳴
於周圍，我們也什麼都聽不見
若感官不助你，誰能令你馳行？
是成形於天上的光推動你
或出於自願，或因天意下遣。

此處所指，自然是「高妙想像」，稍後會再做進一步解釋，總之是層級最高的想像，與有形的、混亂夢境中的想像不同。釐清這一點之後，我們要試著解析但丁的論證，他的論證忠實反映了他那個時代的哲學。

哦想像力，你有能力支配我們的能力和意志，逼迫我們離開外在世界，將我們擄去內在世界，因此即便有一千支號角吹響我們也充耳不聞，你收到的那些視覺訊息如果不是由儲存在記憶中的感官形成，那麼來自何處呢？「是成形於天上的光推動你」這句話說明但丁（以及中世紀經院派哲學家聖多瑪斯・阿奎那〔San Tommaso d'Aquino〕）認為在天上有一種光源，會傳送根據想像世界的邏輯（「出於自願」）或因上帝意志（「或因天意下遣」）而形成的虛構意象。

但丁談的是出現在他（作為書中角色）眼前的顯現，像是在螢幕上放映電影或接收電視訊號，而這個螢幕與他做煉獄之旅這個客觀事實是分開的。但是對詩人但丁而言，書中但丁的這趟旅行就如同這些顯現。身為詩人的他既要透過視覺想像書中人物所見到的一切，也要想像他認為自己見到、或夢到、或記得，或在眼前復現或聽人陳述的一切，同時他還得想像他用來誘發顯現的隱喻視覺內容。換言之，但丁想要確認想像力在《神曲》中扮演的角色，或者應該說他想要確認的是在文字想像之前或與之同時發生的視覺想像部分。

我們可以把想像過程分為兩類，一是從文字出發，終於視覺意象，一是從視覺意象出發，終於文字表達。前者通常發生在閱讀過程，當我們看到小說中某一個場景，或報紙上對某個事件的報導，會因為文本感染力大或小而「看見」畫面，彷彿那一幕發生在我們眼前，或至少會在一片朦朧中看見某些浮現的片段和細節。

我們在大銀幕上看到的電影畫面也經歷過文字階段，在導演腦海中被「看見」後，再在拍攝現場還原，最終被定格成膠片上的一幀幀畫面。所以一部電影是各種有形、無形階段接續完成，讓意象成形的成果。在這個過程中，想像的「內心電影」發揮了一定的功能，其重要性不亞於用攝影機拍攝然後回放停格做剪輯實際完成一組鏡頭。「內心電影」本就在我們心中運作，包括電影發明之前，也會持續將意象投射在我們的內在視界裡。

值得一提的是，視覺想像力在西班牙神學家羅耀拉的《神操書》（*Esercizi spirituali*）中也扮演重要角色。在這本指南開頭，羅耀拉就對「設想地點」有所提示，從用詞遣字來看很像是對舞臺戲劇表演的指導：「……如果所要默觀或默想的是有形可見的事物，譬如吾主耶穌，便可設想看見我欲默觀該有形事物的真實地點。我說的真實地點是，例如吾主耶穌所在的聖殿或山上……」羅耀拉緊接著說明默觀的若是自身罪過，那是無形可見的，我如果沒有理解錯誤，他的意思或許是得以隱喻的方式默觀（困在易腐朽肉身內的靈魂）。

這個精神操練法進行到第二週第一天的時候，打開了全景式視野，有壯觀的群眾場景：

第一點。先看人，形形色色的人。先看地面上穿衣、姿態各不同的人，有白人有黑人，有人享受和平有人處於戰亂，有人哭泣有人笑，有人健康有人罹病，有人出生有人死亡。

第二點。觀看並思忖天主三位，如何坐在君王寶座上，如何俯視地面各處，見所有人盲目摸索、死亡後墮入地獄。

羅耀拉似乎從未想過摩西的上帝並不容許他人用圖像表現祂。他反而要求每一個基督徒都得擁有但丁和米開朗基羅的天賦，而且無須像但丁那樣，在面對天堂的超凡顯現時覺得有必要為自己的有形想像力踩煞車。

隔天再進行精神操練法時（第二次默觀，第一點），默觀者自身也得進入其中，在想像過程中扮演角色：

第一點觀看人物，觀看聖母、聖約瑟、婢女和剛誕生的耶穌聖嬰，設想我是一個可憐人，一個卑微的奴隸，注視他們，默觀他們，伺候他們的種種需要，彷彿我真的在那裡，盡我所能敬謹服務。然後反省我自己，為能採取神益。

可想而知，視覺傳播對反宗教改革的天主教而言是一個重要工具，信徒可以從宗教藝術作品的情感暗示中回溯教會口傳教誨的種種意義。不過必須從教會提供的既定意象出發，而不是信徒自發「想像」。羅耀拉這個做法跟他那個時代的崇敬形式不同之處在於他是從文字過渡到視覺想像，做為得到意義深遠知識的方法。他的起點和終點也已經確立，但是中間留給個人想像無窮的可能性，可以設想人物、地點及變動的場景。信徒受召喚前來，自己動手在腦中的牆壁上畫滿人物濕壁畫，而激發他視覺想像力的是神學論述或福音書的精煉詩文。

讓我們回頭來看文學。當文學不再以威權或傳統為創作動機或目的，而是追求新穎、獨特和創意的時候，想像從何而來。在這個情況下，要問是先有視覺意象抑或是先有文字表達（有點像雞生蛋或蛋生雞的問題），我想肯定是先有視覺意象。

想像的畫面從何處「落下」？但丁自視甚高，有理由毫無顧慮宣稱他所見乃直接受聖靈啟迪。比較靠近我們這個時代的作家（少數具有先知傾向者除外）所見則跟俗世有關，例如個人潛意識或集體潛意識，因為從消逝時光中有某些感覺浮現因而重新找回往日時光，顯靈，或集中於一點或瞬間的存在。簡而言之，這些過程即便不是來自天上，也超出了我們的意圖與控制，對個人而言具有某種先驗性。探討這個問題的不是只有詩人和小說家，研究人工智慧的美國學者侯世達（Douglas Hofstadter）在《哥德爾、艾雪、巴赫》（*Gödel, Escher, Bach*）書中也提出類似的問題，他的問題是如何選擇「落下」的不同想像畫面：

> 舉例來說，試想有一個作家正嘗試表達他腦中以畫面形式存在的某些理念，但他不大確定這些畫面在他腦中如何互相搭配，於是他一再實驗，先用一種方式表達，再換一種方式表達，最後決定採用一個很特別的版本。他知道所有這一切來自何處嗎？隱隱約約。但他知道，絕大多數跟冰山一樣，深藏在水

底，看不見。

或許我們應該先爬梳這個問題在過去以何種方式被提出來。瑞士文藝評論家讓・斯塔羅賓斯基（Jean Starobinski）的〈想像的王國〉（收錄在《批判關係》〔*La relation critique*〕，伽里瑪出版社〔Gallimard〕，一九七〇年）就想像這個概念的歷史發展作出最詳盡、清晰、集大成的論述。他從源自新柏拉圖學派的文藝復興魔法[7]出發，認為想像是在跟世界的靈魂溝通，之後浪漫主義和超現實主義也都有此主張。另外有一派說法則認為想像是知識的工具，儘管跟科學的知識工具運作模式不同，但是兩者可以並存，而且互補，更是科學家在提出假設時不可或缺的環節。至於想像是保管宇宙真理的理論則屬於自然哲學，或是一種神智學，但這兩者跟科學知識不相容，除非把所有已知事物一分為二，將外在世界留給科學，而富有想像力的知識則專屬於個人內在世界。讓・斯塔羅賓斯基認為後者就是佛洛伊德精神分析法的主張，而榮格學派則認為原型和集體潛意識具有普同性，所以將想像視為參與世界真理。

說到這裡，我不能逃避的問題是，讓・斯塔羅賓斯基列舉的這兩派說法中，我對想像的看法屬於哪一派呢？在回答這個問題之前，我得先回顧一下我的寫作經驗，特別是與奇幻類敘事有關的經驗。我開始寫奇幻故事的時候，並沒有想過那些理論問題，唯一確定的是，我的每一篇故事都源自於某個視覺意象。舉例來說，其中一個意象是一個男人被切成兩半後各自繼續生活。另一個例子是一個小男孩爬到樹上後，從此在一棵又一棵樹之間移動，再也沒有回到地面上。還有一個例子是，一套空盔甲會動會說話，彷彿裡面有人一樣。

所以，在構思一個故事的時候，我首先想到的是無由來讓我覺得富有深意的某個意象，即便我還不知道要如何將其轉化為文字或概念。當這個意象在我腦中變得越來越清晰，我就開始把它發展成故事，或者應該說是意象本身會自行發揮內在潛力，發展出原本它所蘊含的故事。每個意象周圍會生出其他意象，形成一個類比、對稱和對比的場域。在整理這些不再只是視覺、也是概念的材料的時候，我開始加入個人意圖，決定排列順序，讓故事的發展有其意義，而我做的事是確認哪些意義跟我為這個故事勾勒的藍圖相容，哪些不相容，但始終保持替換的空間。與此同時，書寫的文字表達也越顯重要。應該說從我開始動筆後，文字決定一切：先尋求與視覺意象建立對等關係，之後要維持與設定的原始風格發展一致，然後慢慢讓文字掌控局勢。之後書寫文字自會帶領故事往能夠讓文字表達順暢的方向發展，而視覺想像力會緊跟在後。

《宇宙連環圖》有一點不同，因為它是從科學論述出發，所以視覺意象自主性必須從這個概念論述衍生。我想要證明典型的神話意象不管栽植在哪片土壤裡都無礙其生長，即便使用距離所有視覺意象都很遙遠的文字，例如今天的科學用語，也不例外。即便閱讀純技術性的科學書籍，或最抽象的哲學書籍，也有可能遇見出人意表激發視覺想像力的某個句子。這個情況是，意象來自於原本存在的文本（閱讀時看到的某一頁或某一句話），可以有延續該文本精神的奇妙發展，也可以完全自主地另闢蹊徑。

《宇宙連環圖》第一篇〈月亮的距離〉（可以說）是最超現實的，因為靈感來源是物理學的引力，之後自由發展出如夢境般的奇幻故事。其他幾篇故事的情節發展符合一開始的科學觀，但始終用想像和情感包裝，以獨白或對話方式進行。

簡而言之，我想要讓自發生成的意象和推論思維的意向兩者融合。即便故事的第一步是由視覺想像推動其內在邏輯運作，故事遲早也會被導入理性和文字表達交織的邏輯脈絡中。所以，視覺想像依然是決定性因素，有時候能出其不意地解決思維推理或文字表達無法解決的問題。

關於《宇宙連環圖》的擬人化手法，我想補充說明：我之所以對科學感興趣，正是因為我很努力擺脫擬人化知識，但同時我也知道我們的想像必然是擬人的，因此我放手用擬人化手法再現人類尚未出現的宇宙，或應該說再現人類絕對不可能存在的那個宇宙。

現在該回答我自己提出，關於讓．斯塔羅賓斯基列舉的兩派說法問題：想像是知識的工具，還是與世界的靈魂合而為一？我選擇哪一個？就我前面所述，我應該是前者的堅定擁護者，因為故事對我而言是意象自發性邏輯和由理性主導的構思二者之間的結合。但同時我始終認為想像有助於獲得超越個人、超越主體的知識，因此我應該說我更傾向於後者，想像是與世界的靈魂合而為一。

其實我更認同的另一個定義是，想像是潛在的、假設的及現在和過去不存在、未來或許也不會存在但其實可能存在的一切的總和。讓．斯塔羅賓斯基在他的論述中，談義大利文藝復興哲學思想家布魯諾的「幻想心靈」（spiritus phantasticus）觀點時有提到這一點。布魯諾認為「幻想心靈」是「形式和圖像構成的世界或深淵，永遠填不滿」。因此，我認為對有形的知識而言，從深淵裡汲取潛在多樣性是必要的。詩人的心靈，以及在某些關鍵時刻科學家的心靈，會根據圖像聯想方法，也就是在可能和不可能的無窮形式間快速連接和選擇的系統來運作。幻想就像是一個電子機器，會考慮所有可能的組合，再選出符合某個目標，或比較有趣、討人喜歡、好玩的組合。

我得解釋一下間接想像在這個幻想深淵裡扮演的角色，間接想像指的是文化向我們提供的意象，不管是大眾文化或其他形式的傳統文化。這個問題會引出另一個問題：在俗稱的「圖像文明」裡，個人想像的未來是什麼？快要被泛濫的既有圖像洪流淹沒的人類召喚不存在意象出現的能力會繼續發展嗎？以前個人的視覺記憶取決於他的直接經驗累積，小部分受到反映文化的圖像影響。想讓個人神話具體化，要看視覺記憶力的片段是否能以出其不意、引人入勝的模式組合。今天我們被大量圖像轟炸，已難以分辨哪些來自直接經驗，哪些是我們在電視上看到的一閃而過的畫面。記憶被層層圖像碎片覆蓋，彷彿一座垃圾場，單一圖像越來越難在眾多紛雜的圖像中獲得青睞。

我之所以將「顯」列入需要挽救的價值清單，是為了提出警告，因為我們恐怕正在逐漸失去人類的一項基本能力：閉著眼睛就能天馬行空幻想，在白紙上書寫時字裡行間就有顏色和形狀湧現，以及用圖像思考的能力。我想到一種想像力教學法，讓人養成控制內在想像的習慣，不要壓抑，但也不讓它陷入混亂，如白日夢般轉眼即逝，而是要讓那些意象凝結為明確的、易於記憶的、自給自足能以形表意的有形體。

這種教學法只能自己練習，依情況發明方法，而且結果無法預料。我從小就活在「圖像文明」世界裡，即便當時這個文明還在萌芽階段，不像今日這般蓬勃繁盛。可以說我經歷了「圖像文明」的過渡階段，那些出現在童書、兒童周刊和玩具裡的彩色插圖，是孩童時期非常重要的陪伴。我認為出生在那個年代，在我的養成時期留下了深刻印記。我的想像世界最早是受到《兒童週報》（*Corriere dei Piccoli*）的插圖影響，那是當時義大利最廣為流行的兒童刊物。我說的是我三歲到十三歲的人生階段，之後我開始迷電影，青少年時期的我沉迷於電影難以自拔。但我認為關鍵時期是三歲到六歲，也就是我學會認字之前。

二〇年代的《兒童週報》刊登當時美國最有名的漫畫作品，包括《快樂頑童》（*Happy Hooligan*）、《搗蛋鬼》（*The Katzenjammer Kids*）、《菲力貓》（*Felix the Cat*）和《吉格斯與瑪姬》（*Maggie and Jiggs*），全部都重新用義大利文命名。同時也刊登義大利漫畫，其中有一些就那個年代的平面美學和風格而言皆是上乘之作。那時候在義大利還沒有採用把對話放在氣泡框裡的做法（三〇年代引進米老鼠漫畫才開始），《兒童週報》重繪美國漫畫，沒有對話框，而是在每格漫畫下用兩行或四行韻文代替。當時還不識字的我不看韻文也懂，有圖就夠了。這些週報是我母親在我出生前就開始購買收集，一年裝訂成一本。所以我看連載漫畫作品是一期接一期看，一看就好幾個小時，在心裡對自己說故事，用不同方式解讀場景，創造變異版本，把個別插曲串聯成更大的故事，找出每個連載漫畫作品裡的固定元素後，再互相做連結，把不同作品拼湊在一起，想出新的連載漫畫，讓原本的配角變成主角。

我並未因為學會識字而有新的斬獲。那些過於簡單的韻文沒能提供讓人眼睛一亮的資訊，大多是含糊帶過的故事說明，跟我原本的理解大同小異。顯然撰寫韻文的人對原始版本對話框裡寫了什麼毫無概念，也許是因為他不懂英文，或是交給他的漫畫是重繪的無對話版本。總之，我寧願無視文字，繼續沉浸在那些連環插畫裡做我的白日夢。

這個習慣導致我難以專注於文字（我後來才努力培養出閱讀文字時需要的注意力），閱讀無字插畫反而讓我學到什麼是虛構故事、塑立風格和意象組合。舉例來說，帕特・蘇利文（Pat Sullivan）用小小一方漫畫格呈現出菲力貓優雅的黑色剪影走在滿月夜色下那條隱沒於鄉間的小路上的畫面，我想那是我心永遠嚮往的境界。

後來創作日臻成熟的我用塔羅牌的神祕圖像接龍說故事，每次都換一種方式詮釋同一張圖，顯然跟我小時候對著一頁頁漫畫自己瞎編故事有關係。我的《命運交織的城堡》是一種奇幻圖像學的實驗，其實書中不只用了塔羅牌，還用了大師畫作。我試著詮釋十五、十六世紀義大利威尼斯畫家卡帕齊歐（Vittore Carpaccio）為斯拉夫聖喬治會堂（Scuola di San Giorgio degli Schiavoni）繪製的壁畫，將緊鄰的聖喬治[8]和聖耶柔米[9]兩個主題系列壁畫當成一個故事，當成同一個人的一生，並且把我的人生與他們的一生視為一體。後來我習慣用奇幻圖像學這個模式表達我對繪畫的熱愛，用藝術史上的名畫，或讓我產生共鳴的圖像出發，訴說我的故事。

我們可以說，要想讓文學想像的視覺部分顯現，需要不同元素協力合作，包括對現實世界的直接觀察，幻影和夢境的變形，不同層面的文化所呈現的世界，感官經驗的抽象化、濃縮化和內化過程，都對思維的視覺化和文字表達至關緊要。

我視為典範的作家著作中或多或少都有這些元素，特別是視覺想像分外出色的文藝復興、巴洛克和浪漫主義時期。在我主編的一本十九世紀奇幻短篇故事選集中，我得以親炙多位作家精采絕倫、如夢似幻的故事，包括霍夫曼（E. T. A. Hoffmann）、夏米索（Adelbert von Chamisso）、阿爾尼姆（Achim von Arnim）、艾興多夫（Joseph von Eichendorff）、波托茨基（Jan Potocki）、果戈里、內瓦爾（Gérard de Nerval）、戈蒂耶（Théophile Gautier）、霍桑、愛倫・坡、狄更斯、屠格涅夫、列斯科夫（Nikolai Leskov）到史蒂文森（Robert Louis Stevenson）、吉卜林和威爾斯（H. G. Wells）。還有另外一種風格也讓我著迷，其中有些作品也出自上面羅列的作家之手，但是他們展現的奇幻來自於日常生活，是內化的、心靈的、無形的奇幻，尤以亨利・詹姆斯為代表。

在既有圖像泛濫成災的二十一世紀，奇幻文學還有生存空間嗎？此刻我們看到有兩條路可走。第一，將舊意象回收後放入讓它原始意涵改頭換面的全新文本中再利用。例如後現代主義傾向用反諷角度處理大眾媒體想像，或是在強調疏離的敘事結構中放入文學傳統讓人感到驚艷的樂趣；第二，抹去一切，從零開始，像貝克特（Samuel Beckett）的多部精采作品都將視覺和語言元素極度簡化，讓人彷彿置身世界末日後的世界裡。

同時呈現上述所有問題的第一本著作，應該是巴爾札克的《不為人知的傑作》（*Le chef-d'oeuvre inconnu*）。巴爾札克具有某種先知般的洞察力，並非出於偶然，因為他正好站在文學史的交叉路口上，不知何去何從，有時偏向奇幻，有時偏向寫實，有時兩者共存，彷彿受到某種不可抗拒力量的牽引，但始終清楚自己在做什麼。

巴爾札克於一八三一年至一八三七年間撰寫《不為人知的傑作》，原本有副標題「奇幻故事」（conte fantastique），但最後定稿的副標題是「哲學研究」（étude philosophique）。巴爾札克在另一個短篇故事裡說到，這個改變是因為「文學扼殺了幻想」。故事描述老畫家弗雷法完成了一幅完美畫作，在各種雜亂色彩、無形混沌中只見女子的一隻腳。在這個短篇故事的初版（一八三一年發表於雜誌上）中，弗雷法的兩名同儕普爾畢．普桑和尼古拉．普桑對此畫大加讚賞：「小小一方畫布上有多少歡樂啊！」就連不懂畫的模特兒也頗有同感。

巴爾札克在同年正式出書的第二版中加入了幾句對話，表示弗雷法的兩個畫家朋友看不懂這幅畫，弗雷法則是有靈氣的神祕主義者，為理想而活，但註定孤獨。一八三七年出版的最終修訂版新增了幾頁篇幅探討繪畫技巧，並修改結局，明確表示弗雷法是個瘋子，最後他把自己跟他自認為的絕世傑作關在一起，放火燒掉畫之後結束生命。

《不為人知的傑作》常常被評為隱喻現代藝術發展的寓言故事。我閱讀近年法國哲學家達彌施（Hubert Damisch）寫的一篇研究（《黃色鎘窗》〔*Fenêtre jaune cadmium*〕，Éd. du Seuil，巴黎，一九八四年），明白這篇故事也可以被解讀為一則文學寓言，談的是文學在語言表達和感官體驗之間難以逾越的鴻溝，以及視覺想像力的難以捉摸。他說《不為人知的傑作》初版對奇幻下的定義就是「無法定義」：「用現代詞彙來形容所有這些特立獨行，就是『無法定義』……。這個形容說得很妙。巴爾札克為奇幻文學做出總結：說出我們有限的心靈感知未能捕捉到的一切，當你把它放在讀者眼前，他就會自動進入那個想像空間……」。

之後巴爾札克拒絕再寫奇幻文學，對他而言那是關於所有神祕知識的一門藝術，轉而鉅細靡遺地描述這個世界，而且堅信這麼做是展現生命的奧祕。正如巴爾札克對於要讓弗雷法當前鋒或瘋子猶豫不決，《不為人知的傑作》一直用模稜兩可掩蓋深刻真相。藝術家的奇思妙想是充滿潛力卻沒有任何作品能啟動它的一個世界，我們在生活中體驗到的則是回應其他有序和失序形式的另一個世界。書頁上層層堆疊的文字就像畫布上層層堆疊的色彩，又是另一個世界，也是一個無窮世界，但比較容易控制，不至於對形式無動於衷。這二個世界的關係就是巴爾札克所說「無法定義」的關係，我們也可以說是

「無法決定」，就像是無窮整體內包含其他無窮整體的悖論。

作家，我指的是像巴爾札克這樣有無窮野心的作家，會在寫作時運用他無窮的想像力，或無窮的經驗偶然性，或兩者皆用，加上書寫語言的無窮可能性。或許有人會反駁說，一個人的一生，從出生到死亡，只能容納有限的訊息量，個人想像和個人經驗怎麼可能突破這個限制呢？但我認為試圖逃避無以數計這些漩渦的所有努力都是白費力氣。布魯諾告訴我們，讓作家發揮想像力進而獲得形式和圖像的「幻想心靈」是一個無底洞。至於外在現實世界，巴爾札克的《人間喜劇》原始假設是可以建構一個跟我們生活的世界，無論是今天、昨天或明天的世界相呼應的文字世界。

寫奇幻故事的巴爾札克試圖在無窮的想像可能性中用單一意象捕捉世界的靈魂，但要做到這一點，他得讓文字承載一定的內容強度，結果卻有可能是再也無法指涉自身以外的世界，就跟弗雷法那幅畫中的色彩和線條一樣。面對這個關卡，巴爾札克停下腳步，改變計畫。他從高強度書寫轉而做延伸性書寫。寫實路線的巴爾札克試圖用書寫涵蓋充滿多樣性、生命和故事的無盡延伸的空間與時間。

侯世達用艾雪的畫來說明數學家哥德爾的悖論，出現在畫中的一切有沒有可能成真？一個男人在一間畫廊裡，看著一幅城市風景畫，在畫中展開的城市風景包括男人正在觀賞的那幅畫和展示那幅畫的那間藝廊。巴爾札克在他無窮盡的《人間喜劇》中應該把是或曾經是奇幻小說作家的他以及他無窮盡的奇幻故事寫進去，也應該把是或想要成為寫實小說作家、試圖捕捉《人間喜劇》中那個無窮盡世界的他寫進去。（或許寫奇幻故事的巴爾札克內心世界包含了寫實路線的巴爾札克內心世界，因為前者的無窮想像與《人間喜劇》的無窮寫實相吻合……）

然而，所有「真實」與「想像」唯有透過書寫體現，書寫時，外在性與內在性、世界與我，經驗與想像看似皆用同一種文字材料構成，那些由小寫或大寫字母、句號、逗號和括號排列而成的整齊劃一字裡行間是眼睛和靈魂的多重顯現。一頁頁排得密密麻麻的符號有如沙粒，再現五彩繽紛、精采絕倫的世界看起來總是一成不變又瞬息萬變的表面，彷彿沙漠中被風拂掃而過的沙丘。

7 文藝復興時期盛行自然魔法，藉由研究事物間的隱祕性質，試圖理解並控制自然現象，例如占星學、煉金術、天文學、草藥學等皆是，屬於今天自然科學的範疇。

8 聖喬治（Sanctus Georgius，西元三世紀），天主教聖人，殉道烈士，經常以屠龍騎士形象出現在西方文學和藝術作品中。

9 聖耶柔米（Hieronymus, 347-419或420），聖經學者，也是西方教會中最博學的教父，是將聖經由希伯來文正式翻譯為拉丁文的第一人，該版本俗稱《拉丁文通行譯本》（*Vulgate*）。

繁

第五講

我們先從一段小說摘錄開始：

英格拉瓦羅警官來自摩里色省，那裡的人都明察洞見但一貧如洗。看起來不愛說話、總是睡眼惺忪的他頂著一頭亂糟糟的黑髮，跟瀝青一樣油亮，跟阿斯特拉罕羔羊毛一樣捲曲。他有時候會打破萎靡和沉默展現機智，針對男人事務，還有女人事務，發表一點偏向理論性的想法（也就是籠統想法）。乍聽之下，都是些陳腔濫調。其實不然。所以他匆匆說的幾句話如硫磺火柴般劈里啪啦響完，隔幾個小時或幾個月後，彷彿經過一段神祕的潛伏期，便又在大家耳中重新響起。「對喔！」相關人士會突然發現：「英格拉瓦羅警官跟我說過。」而且他始終相信意想不到的災難從來都不是單一原因或理由造成的結果，災難就像一個漩渦，是聚集於世界意識裡氣旋低氣壓中心的各式各樣原因齊力造成的。他還會用節、纏結、夾雜或羅馬方言的「線團」來形容，如果脫口說出法律用語「因果關係」，會擺出一副不得已的樣子。從亞里斯多德或康德以降的哲學家都認為必須「改變我們心中對因果範疇的認知」，用系列因果關係取代單一因果關係，這是英格拉瓦羅警官固有的中心思想，近乎執念。他張開血色淺淡的豐厚嘴唇說出這個執念，嘴角叼著一根熄滅的菸屁股，搭配半夢半醒的眼神，下半張臉習慣性掛著夾帶苦澀和質疑的冷笑，瀝青般的黑髮下眉頭緊鎖。他說「他的」案件都是這麼來的：「只要有人找我！……沒錯，只要找的人是我……你就知道麻煩來了，有線團……需要解開……」，他的義大利文夾雜著拿坡里和摩里色的方言。

顯而易見的因果關係，主要的因果關係，沒錯，是只有一個。但這種鳥事絕對是環環相扣一系列因果關係造成的，那些如旋風般撲過來（彷彿羅盤玫瑰上十六道風捲成的氣旋低氣壓）的因果關係，最終會將稀薄的「世界理性」捲入犯罪漩渦中。就跟扭雞脖子一樣。他常常語氣慵懶地說：「肯定跟女人有關，你不往那邊想都不行」。這是大仲馬小說名句「從女人著手」的義大利文新版說法，不過話說出口之後他似乎有點懊惱，覺得對女性不敬，想換個方向思考，結果陷入困境。他憂心忡忡沉默不語，彷彿擔心言多必失。他的意思是即便案件看起來跟感情糾紛無關，「關係人」之間免不了有情感牽扯，或按照今天的說法，或多或少存在某種情愫和「情慾」動機。對他突發奇想難免心生妒忌的幾個同僚、對近代邪惡之事知之甚詳的神父和某些下屬、門房或上級長官則認為英格拉瓦羅警官在看奇怪的書，從書中節錄的這些不知所云或近乎不知所云的話，足以誤導天真無知的人。說這種話跟精神病院醫生說的那些專業術語差不多，沒有任何實質幫助！這些虛無縹緲、哲學調調的東西還是留給寫論文的人吧，警官和偵查小組實際辦案是另外一回事，得有十足耐心，要心懷慈悲，還要有一個健康的胃，只要義大利這個空殼子沒垮，就還得有責任感、決心和節制，喔，喔，還要雷厲風行。綽號唐吉軻德的英格拉瓦羅警官對這些反對聲音不以為意，繼續站著打盹，空著肚子高談闊論，裝模作樣吸著沒點燃的半支菸。

你們剛才聽的這一段，是義大利作家迦達（Carlo Emilio Gadda）的《梅魯拉納街那件亂七八糟的鳥事》（*Quer pasticciaccio brutto de via Merulana*）小說開頭。我之所以用這段開場，是因為我覺得它完美呈現了這場演講的主題：當代小說是百科全書，是認識論，更是把世界上所有人、事、物串聯起來的一張網。

我也可以選擇其他作家的作品來闡述這個世紀的小說傾向，我選擇迦達不只因為他跟我一樣是義大利文作者，而他在美國相對而言比較不為人知（因為他的寫作風格繁複，即便閱讀義大利原文也很難懂），主要是因為他的哲學觀跟我要做的論述很契合，他認為世界是「眾多體系構成的體系」，每個單一體系都會制約其他體系，同時受其他體系制約。

迦達終其一生都在試圖展現這個世界如何紊亂、纏結，猶如一個線團，他毫不遮掩地再現這個世界的錯綜複雜，同時存在的各種相左因素爭相主導每一件事的事實。

迦達的創作視角與他的知識分子養成、作家性格和他罹患精神官能症有關。就知識分子養成來說，他原本是工程師，受科學文化薰陶，具備技術能力，傾心哲學。他對哲學的熱情始終隱而未宣，過世後才發現他有一份手稿，論述斯賓諾莎和萊布尼茲的哲學體系。身為作家的迦達被視為義大利的詹姆斯·喬伊斯，以高低不同層次的語言及詞彙堆疊而成的寫作風格頗符合他繁複的認識論哲學觀。作為精神官能症患者，迦達毫無保留用白紙黑字寫出他的焦慮和耽溺，以至於往往不見藍圖框架，只見細節蔓生覆蓋全貌。《梅魯拉納街那件亂七八糟的鳥事》原該是一本偵探小說，卻沒有破案。可以說他所有小說都是未完成狀態，或支離破碎，彷彿一個野心勃勃建案的廢墟，看得出設計上氣派奢華，做工一絲不苟。

要想評估迦達如何建構百科全書式書寫的完整結構，得從他的短文著手，例如他寫的食譜〈米蘭燉飯〉（*Risotto alla milanese*），可說是義大利散文和實用知識文的代表作，他鉅細靡遺描述米粒還有部分被米糠（米的「果皮」）包覆、適合做這道燉飯的平底鍋、番紅花及不同的烹煮階段。另一篇類似短文則是以營建技術為題，陳述在採用鋼筋混凝土和空心磚為建材後，房屋的保溫、隔音效果都大不如前，迦達以荒誕筆觸描述他住在這樣一棟現代建築裡的生活，飽受鄰居家各種噪音傳入他耳中的折磨。

這些短文如同迦達長篇小說中的每一個事件，不管多小的物件都可以被視為關係網絡的中心，他不由自主亦步亦趨，持續增加細節，以至於相關描寫和離題永無止盡。不管從哪個主題出發，後續論述都會不斷向外擴張視野，如果任由他朝四面八方延伸，最後應該會擁抱全宇宙。

關於從任何物件出發都可以蔓生成一張網的最佳範例，莫過於《梅魯拉納街那件亂七八糟的鳥事》第九章，寫的是每一顆寶石及其地質史、化學成分、歷史典故和藝術故事、所有可能的歸屬，以及寶石引發的所有聯想之間的關係。義大利文評家強・卡洛・羅修尼（Gian Carlo Roscioni）的《前定不和諧》（*La disarmonia prestabilita*，艾伊瑙迪出版社，都靈，一九六九年）是一本重量級評論文集，認為迦達的作品乃是一種隱性的認識論書寫。羅修尼一開頭就針對那五頁珠寶描述做分析，他解釋道，對迦達而言，想認識物的「所有關係，包括以此物為中心的過去與未來、真實或可能的關係」，就需要一一準確唱名、描述，讓萬物找到自己在空間和時間中的定位。要做到這一點，必須借助文字的語義潛力，不同的文字和句法形式、內涵、特色，及交錯並置而帶來的滑稽效果。

荒謬喜感中偶見焦躁絕望，是迦達的作品特色。在科學還沒有公開承認觀察行為多少會影響被觀察現象之前，迦達已經知道「認識是在事實中加入少許東西，因此會歪曲事實」。因此他的典型表現方式是歪曲變形，他總是會在他跟他要呈現的事物之間製造一種張力，因此世界在他眼前變形越嚴重，被捲入這個過程的作者自我就越多，越扭曲，越心煩意亂。迦達對認識的渴望把他從現實客觀拉回令人惱怒的個人主觀，對一個不愛自己，甚至厭惡自己的人而言，是可怕折磨，這一點充分表現在他的《認識傷痛》

（*La cognizione del dolore*）中。迦達在這本小說中大力抨擊代名詞「我」和所有代名詞是思想的寄生蟲：「……我，我！……是所有代名詞中最卑鄙的那個！……代名詞！它們是思想的蝨子。當思想長了蝨子，就會像其他長蝨子的人一樣撓抓……然後就連指甲縫裡……也會有代名詞：人稱代名詞。」

如果說迦達的作品特色是在精準理性和狂熱變形之間拉鋸，而這是每一個認識過程的必經階段，那麼跟他同時期的另一位作家，同樣兼具科學、技術和哲學養成背景，同樣是工程師的羅伯特．穆齊爾，則用截然不同的書寫風格呈現數學般精準和人類事件模稜兩可之間的張力：流暢、嘲諷、節制，是只有奇異解的數學題。那是穆齊爾的夢想：

可是烏爾里希去那裡是為了另一件事。數學題沒有通解，只接受奇異解，不同奇異解的組合就很接近通解。他本想補充說他覺得人生問題看起來也是如此。通常所謂一個時期，不知道指的是世紀、千年或是從讀小學到為人祖父母那些年，各種情況失序漫無邊際蜂擁而至，意味著接續不斷試圖尋求解答，但是寫不出完整答案，而且如果個別分開來看，答案還是錯的，因此，如果人類懂得把所有答案組合起來，最後還是有可能得到全面性的正確答案。他坐在回家的電車上，心裡這麼想……。

《沒有個性的人》，第一部，下，第八十三章

對穆齊爾而言，認識是意識到兩個對立的極端之間無法調和，他稱其中一個極端為精準，但有時候叫數學，或純粹精神，甚至有時候叫它軍人思維；至於另外一個極端，他一下稱靈魂，一下稱非理性或人性或混沌。他把他知道的、思考的，都放進猶如百科全書的一本書裡，他試圖讓這本書保持小說形式，但結構不斷改變，書在他手中支離破碎，以至於他非但寫不完那本小說，還因為無法決定大綱路線，以至於缺乏明確框架去容納數量龐大的素材。比較這兩位工程師作家，迦達認為認識就得要讓自己捲入關係網絡中，穆齊爾則給人一種印象，好像他無須讓自己捲入其中，就能明白符碼和層次的繁複多樣性，而兩者的共同之處在於都無法收尾。

普魯斯特也沒能看到他的百科全書式小說完結，但不是因為他沒有藍圖，《追憶似水年華》的開頭、結尾和大綱路線是一氣呵成出現的，問題出在這部作品的自身生命體

系不斷由內而外增生、擴張。普魯斯特的創作主題也是連結一切的網，不過他的網是由每個人接續佔據的時間和空間的點所組成，導致時空維度無限倍增，世界大到無法掌控的地步。對普魯斯特而言，要認識就必須經歷這種失控的煎熬。因此，書中敘事者對阿爾貝蒂娜的嫉妒之意，就是典型的認識體驗：

我理解愛情觸礁的無奈。我們想像愛情有一個對象，一個可以躺在我們面前、有軀體的存在。啊！愛就是這個存在向它在空間和時間中曾經佔據和將要佔據的所有地點和瞬間的擴張。我們若無法掌握它和某個地方、某個時刻的聯繫，我們就無法佔有它。但是我們根本沒辦法碰觸到所有那些地點和瞬間。或許，如果有人能把它們指出來，我們還可以走向它們，可惜我們摸索著前進卻始終一無所獲。所以才會有猜疑、嫉妒和傷害。我們浪費寶貴時間在荒謬線索上，卻與真相擦身而過未曾察覺。

這一段出自第五卷《女囚》（*Prisonnièr*，七星文庫，第三部，頁一〇〇），同一頁有對掌控電話生殺大權、愛發脾氣的幾位高傲小姐的描述。再往下翻數頁，我們看到飛機第一次出現，就如同在前一卷，我們看到汽車取代馬車，改變了空間和時間的關係，因為「藝術也隨之改變」（同前，第二部，頁九九六）。我說這些是為了證明普魯斯特對科技的認識並不亞於前面兩位工程師作家。我們在《追憶似水年華》看到現代科技漸漸問世，不只屬於「年華流轉」的一部分，也與這部作品的形式和內在邏輯有關，說明普魯斯特想要在短暫一生中窮盡書寫繁複多樣性的內心焦慮。

我的第一講是從盧克萊修和奧維德的詩，以及在截然不同的《物性論》和《變形記》書中發現的萬物與萬物之間有一種無窮關係的系統模型開始談起。在這一講，我想將古典文學的引用減至最低，讓背負古老企圖心的我們這個時代的文學，展現現有及潛在關係的繁複多樣性。

許多領域都會對這類企圖心過於旺盛而有微詞，但是文學不會。文學之所以存在，就是因為目標遠大，甚至超過了實踐的可能性。只要詩人和作家為自己設定其他人難以想像的目標，文學就會繼續發揮作用。自從科學對分門別類的通論和通解有所質疑，文學面臨的巨大挑戰就是如何將不同知識與符碼編織在一起，形成一個多元多面的世界觀。

絕對不會為自己雄心壯志計畫設限的作家是歌德，他在一七八〇年向好友夏洛蒂（Charlotte von Stein）透露他正在構思一本「談宇宙的小說」。他打算如何落實這個想法，我們幾乎一無所知，但是他選擇小說這個可以包羅宇宙萬物的文學形式本身很有前瞻性。差不多同一時期，另一位德國作家利希滕貝格（Georg Christoph Lichtenberg）寫道：「我認為描寫虛無空間的詩是超凡崇高的。」宇宙和虛無，我之後再回頭來談常常試圖合而為一的這兩個詞，文學在兩者之間搖擺，尋找落腳處。

我在德國哲學家漢斯．布魯門伯格（Hans Blumenberg）引人入勝的《世界的可讀性》（*Die Lesbarkeit der Welt*，義大利文版，磨坊出版社〔il Mulino〕，波隆納，一九八四年）中看到歌德和利希滕貝格的上述談話。布魯門伯格在書中最後幾章再度談起這段充滿雄心壯志的文學史，從德國浪漫主義詩人諾瓦利斯（Novalis）談到博物學家洪堡德（Alexander von Humboldt），前者想要寫一本「終極之書」，這本書一下被定義為百科全書，一下被稱為聖經，後者則以《宇宙》（*Kosmos*）一書完成了他「描寫物理宇宙」的計畫。

布魯門伯格書中與我這一講主題最有關聯的一章標題為〈關於世界的空無之書〉，主角是馬拉美和福樓拜。成功用詩句賦予空無一種完美清澄透明感的馬拉美最讓我佩服的，是他人生最後幾年都投入在「終極之書」計畫中，他說那是宇宙的終極目標，然而他銷毀了這本神祕著作，沒有留下任何紀錄。福樓拜在一八五二年一月十六日寫給法國女詩人路易絲・柯蕾（Louise Colet）的信中說：「我想寫一本空無之書」，而他人生最後十年都傾注在他所寫過最像百科全書的一部長篇小說《布瓦爾與佩庫歇》（*Bouvard et Pécuchet*）。

《布瓦爾與佩庫歇》絕對是今晚我要談的所有長篇小說的真正原型，書中崇尚十九世紀科學主義的兩位唐吉軻德雖然完成了感人又開心的宇宙知識之旅，但看起來卻像是一連串的災難。對這兩個天真的自學者而言，每翻開一本書就像是打開一個世界，但是這些世界互相排斥，或是不同世界之間的矛盾讓追求確切答案的可能性全數破滅。無論那兩個抄寫員多麼努力，但是缺乏天分，沒辦法將觀念化為行動，或從觀念中得到無償的快樂，那是無法從書本上學到的。

這部未完成的長篇小說結尾是布瓦爾與佩庫歇放棄認識世界，決定認命回頭當抄寫員，致力於謄寫宇宙這個圖書館的所有書籍，我們該如何評斷？我們的心得應該是，就布瓦爾與佩庫歇的經歷來看，百科全書和空無實為一體？可是在兩個主人翁背後有福樓拜，為了讓他們每一章的奇遇更加豐富，他必須具備每一門學科的專業知識，蓋出一座可以讓他的兩個英雄人物摧毀的科學大廈。所以福樓拜閱讀了各種教科書，包括農學、園藝學、化學、解剖學、醫學和地質學……。在日期為一八七三年八月的一封信中，他說他為此一邊讀書一邊做筆記，已經讀了一百九十四本書。到了一八七四年六月，數字上升到二百九十四本。五年後他告訴左拉：「我的閱讀告一段落，在我的小說寫完之前我再也不會打開任何一本書。」但是我們在他不久後寫的另一封信中發現，他在讀教會經文，之後研究起了教育學，而這門學科迫使他重新展開一系列不同學科的研究。他在一八八〇年一月的信中寫道：「你知道我為那兩個男人讀了多少書嗎？超過一千五百本！」

所以這部以兩名自學者為主角的史詩級百科全書作品，其實是平行的現實世界中雙倍付出的結果：福樓拜把自己變成一本宇宙百科全書，跟他筆下的英雄人物一樣孜孜不倦地吸收了所有他們想要擁有的及他們讀完書後依舊一竅不通的所有知識。福樓拜如此辛勞，是為了證明那兩個自學者使用知識的方法錯誤，所以知識無用？（根據他在一八七九年十二月十六日的信中所言，福樓拜為這本書定的副標題是「缺乏科學方法」）還是為了證明知識本就無用？

一個世紀後，另一位百科全書小說家雷蒙．格諾（Raymond Queneau）寫了一篇文章，為福樓拜書中的兩位英雄辯護，駁斥「蠢笨」的指控（認為他們錯在「追求絕對」，不容許矛盾或懷疑），也為福樓拜辯護，認為指責他是「科學公敵」過於簡化。「福樓拜之所以支持科學，」格諾說，「正是因為科學事事存疑，有所保留，講求方法，審慎，而且人性化。他討厭教條主義者、玄學家和哲學家。」（《符號、數字與文字》〔*Batons, chiffres et lettres*〕）

福樓拜的懷疑論和他對數百年來所累積的人類知識的無窮好奇心，是二十世紀所有偉大作家都想要擁有的特質。不過我會說那些作家擁有的是積極懷疑論，半遊戲半賭氣地堅持要讓不同論述、方法和層次建立起關係。用知識代表多樣性，是串起被稱為現代主義或後現代主義重要作品的一條線，撇開這些「標籤」不談，我希望這條線能延伸到下一個世紀。

別忘了，被我們視為這個世紀最完整的文化導論著作，就是一本小說：湯瑪斯・曼的《魔山》。可以說阿爾卑斯山上那間療養院的封閉世界是這個世紀所有思想領袖的思想脈絡的起點。所有時至今日仍然討論不休的主題，都在那裡被公布、被檢視過。

二十世紀的偉大小說展現了一個概念，叫做「開放的」百科全書，「開放的」這個形容詞顯然跟名詞「百科全書」相矛盾。就詞源而言，會有百科全書一說是因為以為可以窮盡世間所有知識後圈納起來。但是今天談任何一個「總體」，都不可能不去思考其潛力、可能性及多樣性。

中世紀文學傾向於用井然有序、穩定緊湊的形式來表現人類知識的全貌，例如《神曲》，既有語言的豐富多樣性，也有體系化、均一化思想的實踐。而我們喜愛的現代作品則是因詮釋方法、思考模式及表達風格的多樣性匯集和碰撞而生。即便作品大綱已經鉅細靡遺規劃完畢，但是真正重要的不在於能否以和諧形式收尾，而在於它所釋放的離心力，以及確保真實不會流於片面的語言多樣性。二十世紀文學大家中最推崇中世紀的艾略特和詹姆斯・喬伊斯就證明了這一點，他們都是但丁專家，作品都有鮮明的神學色彩（但是目的不同）。艾略特將神學融入輕快反諷和令人眼花撩亂的文字咒語中。喬伊斯則一心想打造一個有系統、可以根據中世紀詮釋學理論就不同層次進行詮釋的百科全書式作品（他還繪製圖表，說明《尤利西斯》各章對應的人體部位、學科、顏色和象徵）。他的百科全書特色主要展現在書寫風格，《尤利西斯》每一章都不同，《芬尼根守靈夜》則是在文字脈絡中引出複調的多樣性。

接下來我要就我整理出來與「繁」這個主題有關的例子做說明。

有一種文本採單一結構，只有一個聲音在講話，但是可以從不同層次去做詮釋。例如法國作家阿爾弗雷德·雅里（Alfred Jarry）首創的匠心之作《絕對之愛》（*L'amour absolu*，一八九九年），這本五十頁的小說可以被解讀為三個截然不同的故事：一，行刑前一晚死囚在牢房裡度過不眠夜；二，失眠男子寤寐中夢見自己被判死刑的獨白；三，基督的故事。

另一種文本採多重結構，用不同的主體、聲音、視角取代唯一思考的「我」，俄國文學評論家巴赫金（Mikhail Bakhtin）稱之為「對話」模式、「複調」模式或「狂歡」模式，可上溯至柏拉圖、拉伯雷（François Rabelais）和杜斯妥也夫斯基。

還有一類作品渴望包羅萬象，缺乏形式和框架，因預設性質使然未能寫完，就像之前談過的穆齊爾和迦達。

另一種文學作品可以對應到哲學中的非系統性思想，以格言和不連貫的點狀短句為書寫模式，我說的是我百讀不厭的作家，梵樂希。這裡要談的是一套散文集《筆記》（*Cahiers*），每一篇文章只有寥寥數頁，短短幾行文字。梵樂希寫道：「哲學應可隨身攜帶」（第二十四冊，頁七一三）。另外又寫道：「我尋找過、正在尋找也會繼續尋找我所說的整體現象，亦即關於感知、關係、條件、可能性和不可能性的全部……。」（第十二冊，頁七二二）

我希望能傳承至下一個世紀的文學價值，是懂得欣賞心靈秩序和精準，以及詩歌、科學和哲學的智慧，就像散文家兼評論家梵樂希（我之所以在以小說家為主的脈絡裡談梵樂希，是因為非小說家的他說過一句話，被視為摒棄傳統敘事，其實身為評論家的他比任何人都懂小說，明白小說的特性）。

如果要問誰完美體現了梵樂希美學理想中對想像和語言的精準要求，寫出能夠呼應晶體嚴謹幾何面向和演繹邏輯抽象面向的作品，我會毫不猶豫地說出波赫士的名字。

我偏愛波赫士的理由不止於此，我會試著列舉幾個主要原因，因為他每一個文本都內含一個宇宙模式或宇宙屬性，例如無窮、無數，及永恆的、共存的或循環的時間；因為他的作品總是只有寥寥數頁，堪稱精簡表達的典範；因為他的短篇故事常常採用某種民間文學的外在形式，這些形式經長時間使用和檢驗，如神話故事的結構堅不可摧。舉例來說，波赫士以時間為主題、最令人暈眩的論述文〈歧路花園〉看起來是一個諜戰短篇小說，內含一個邏輯——形而上學的故事，而在這個故事裡又包含了一部中國小說的冗長描寫，全部濃縮在十多頁篇幅裡。

波赫士在這個短篇小說中提出了種種假設，每一個假設都只有短短幾行（幾乎看不出來），分別是：一，精準的時間概念，近乎絕對、主觀意識上的現在，「我想過，每一件事都準確無誤地發生在每一個人身上，就在此時此刻。世紀更迭，唯有現在才發生了這些事；在空中、陸地上或海上有無以數計的人，而真實發生的所有這一切，只發生在我身上……」；二，由意志決定的時間概念，未來跟過去一樣無法挽回；三，故事的中心概念是，時間是多重的、分歧的，每一個現在都會分岔為兩個未來，形成「一張分歧、共同和平行時間織成的一張持續擴大、令人暈眩的網」。同一時間有無數個宇宙，且所有可能性會以所有可能的組合方式實現的這個概念，並非離題，而是主角覺得自己既然有間諜任務在身就必須執行荒謬可怕凶案的條件，因為他知道事情只發生在其中一個宇宙不會發生在其他宇宙，在此時此地犯下謀殺案，他和他的被害人可以在其他宇宙稱兄道弟交朋友。

所有可能性組成的網絡模式可以被波赫士濃縮成寥寥數頁的短篇小說，自然也可以做為長篇或極長篇小說的支撐架構，讓同樣的濃縮稠密度再現於不同章節之中。但是我認為今天敘事結構採疊加、組合式的長篇小說也很肯定「簡短書寫」規則。

這是我提出「超小說」此一說法的基礎，而且我決定用《如果在冬夜，一個旅人》來做示範。我的計畫是將十個小說開頭集中起來作為一部小說的本體，讓它們繞著一個共同核心各自發展，而且是在可以左右這些開頭也反過來被左右的框架內運作。以同樣的可敘事潛在多樣性原則為基礎寫的另一部作品《命運交織的城堡》，可以被視為一部機器，從具有多重可能意義的有形元素出發，例如塔羅牌，讓敘事增生繁衍。我原本就傾向「簡短書寫」，這種結構讓我可以將帶有無窮潛在可能性的濃縮內容融入創意和表達中。

我說的「超小說」另一個例子，是法國小說家喬治・培瑞克（Georges Perec）的《生活使用指南》（*La vie mode d'emploi*），這是一本大部頭小說，但是由許多交錯的故事構成（所以副標題「小說」用的是複數型態），讓大家重溫巴爾札克系列巨著的那種樂趣。

《生活使用指南》於一九七八年在巴黎出版，四年後培瑞克過世，年僅四十六歲，我認為它是小說史上最後一個名副其實的大事件。我這麼說，原因很多：它的布局龐大且完整，文學手法創新，結合傳統敘事和百科全書式的知識以呈現世界的樣貌，你感受到的今天是過去的積累和空虛的暈眩，嘲諷與焦慮持續共存，簡而言之，如何讓有結構的計畫和詩的深奧難解變成同一件事。

「拼圖」是這部小說情節的主題，也是形式原型。另一個原型是巴黎一棟典型的住宅公寓，所有事情都發生在這裡，一章寫一戶，培瑞克逐一羅列其中五層樓住戶的家具、擺飾，陳述屋主更迭過程和住戶生活點滴，還有他們的祖先及後代。這棟公寓的平面圖是十（層樓）乘以十（戶），貌似一個棋盤，培瑞克從其中一格（或一戶，或一章）以L型騎士走法挪移到另一格，依照某個順序可以走完棋盤上每一格（所以全書一百章嗎？不是，全書九十九章，這部明明完整的作品故意留下讓它不完整的一條縫）。

以上是容器部分，至於內容物，培瑞克擬了一份清單，分門別類，他決定每一章都要呈現每個類別中的一個主題，以增加組合的變化，即便只是輕描淡寫帶過，我不確定他以何種數學程序為依據，但我對他的精準度掌控毫不懷疑（我在培瑞克撰寫這部小說的九年間跟他往來頻繁，但我只知道他那些祕密規則的其中幾個）。分門別類的主題一共有四十二個，包括文學作品摘錄、地理位置、歷史事件、家具、擺飾、風格、色彩、食物、動物、植物、礦物等等，我不知道還有多少其他主題，我也不知道他怎麼能做到在某些極為簡短扼要的章節中也沒有違背自己的規則。

為了避開存在的任意性，培瑞克跟他書中的男主角一樣需要為自身定下嚴格規則（雖然這些規則本身也具有任意性）。神奇的是，這種人工、機械性操作的文藝創作手法卻換來了取之不盡的自由和豐富創意。主要是因為這種創作手法其實是延續培瑞克從第一本小說《東西》（*Les choses*，一九六五年）就展現的對分門別類的高度熱情，他列舉每一樣物品的特性，屬於哪個年代、風格和社會背景，例如菜單、音樂會節目表、節食熱量表、真實的和想像的書目。

收藏狂人的身影始終在培瑞克的字裡行間出沒，《生活使用指南》所有收藏項目中，我認為最像「他的」收藏是「唯一」，也就是只此一件的物品。而培瑞克在真實生活中除了收藏詞語、認知和回憶外，並無其他收藏嗜好。用詞精準對他而言亦是某種形式的擁有，他收集並唱名每一個獨一無二的人、事與物。今天書寫的最大致命傷是含混籠統，但他完全免疫。

我要重申的是，培瑞克以既定規則和「約束」作為建構小說的基礎，不但無礙於敘事自由，反而享有更大的自由。培瑞克是他老師格諾成立的文學潛能工坊（Ouvroir de littérature potentielle，簡稱Oulipo）中最有創意的成員，絕非浪得虛名。格諾在多年前，與超現實主義流派就「自動化書寫」這個議題打筆戰的時候寫道：

> 另外一個錯誤的流行概念是，認為靈感、潛意識探索和解放之間，以及偶然、自動化和自由之間可以畫上等號。這種盲從於所有衝動的靈感，其實是一種奴役。古典文學作家遵循他知道的某些規則寫悲劇，比起寫下腦袋閃過的

東西、受他不知道的規則支配的詩人更自由。

《符號、數字與文字》

現在來到彷彿一張織網的小說選集尾聲。有人或許會抗議說作品越傾向於表現繁複多樣的可能性就離獨特性越遠，也就是離書寫者的自我、內在真摯情感和發現真實的自己越遠。我的答覆是，正好相反，我們是誰？我們每個人不都是各種經驗、資訊、閱讀和想像的組合體嗎？每個生命都是一部百科全書，一座圖書館，一張物品清單，一系列風格，所有一切都可以持續不斷地以所有可能的方式重新混合、重新排序。

不過或許我真心想回答的其實是：有沒有可能有一部作品不是從自我出發，讓我們可以走出小我的侷限，不只是為了走入跟我們相似的那些我裡面，也是為了讓不會說話的能說話，包括站在屋簷上的小鳥、春天和秋天的樹、石頭、水泥、塑膠……。

或許這就是奧維德在陳述形式的延續性時想要得到的結果？是盧克萊修與萬物共通性合一時想要得到的結果？

附錄

開頭與結尾

這篇講稿未曾發表，是從卡爾維諾為諾頓講座準備的手稿中找到的。這是一份草稿，是為系列演講開場準備的一份非正式講稿，未完稿。後來這篇講稿（日期為一九八五年二月二十二日）被淘汰，內文許多素材都整理到主題是「一致性」的第六講中，該講稿也未完成。有些必要的補充會放在中括號裡，不確定的部分及推測則放在括號裡。

演講開頭，特別是系列演講開頭，是決定性的一刻，就跟寫長篇小說開頭一樣。這是一個抉擇的時刻，因為我們什麼都可以說，以什麼方式說都可以，而我們最後必須選擇一個特定方法，說一件事。

我這個系列演講的開頭就如同作家面對關鍵時刻，必須和無限且多樣的潛在性切割，才能遇到還不存在但只要接受限制和規則後就有可能存在的某個東西。直到我們開始書寫之前，全世界都為我們所有。對每個人而言，世界是由資訊、經驗和價值的總和所構成，是一個整體，沒有之前也沒有之後，既是個人記憶也是未曾言喻的潛在性，而我們想從這個世界擷取一個論述、一個故事和一種感覺。或許更精準的說法是，我們想要做一件事，好讓自己置身於這個世界之中。所有語言也都供我們所用，包括不同世紀和國家之個人或文明所展現的不同風格、精雕細琢的文學語言，以及旨在獲得最多元的知識、經五花八門學科淬鍊過的語言。我們想要從中找出能夠說出我們想說的，而且它本身就是我們想說的那個適合的語言。

每一次的開頭，都是與多樣可能性切割的時刻，對敘事者而言，是讓可能存在的故事多樣性遠離自己，好將他決定今天晚上要說的單一故事劃分出來，成為可以說的故事；對詩人而言，是讓對未分化世界的感覺遠離自己，好將話語的和弦劃分出來與感受或思維完美對接。

開頭也意味著進入一個截然不同的世界，進入文字世界。在進入文字世界之前，外面有（或假設應該有）一個截然不同的世界，是非文字世界，是我們體驗過或可體驗的世界。一旦跨過門檻就進入另一個世界，可以跟我們一次又一次做的那些決定建立關係，或不建立關係。開頭是典型的文學場域，外面的世界依舊，並無有形的邊界。研究文學作品的邊緣區域指的是觀察文學操作如何帶動超越文學但只有文學才能（表達）的省思。

古代文人對這個時刻的重要性有清楚認知，他們在詩序中祈求繆斯女神賜予靈感，向掌管記憶這個重要寶藏的女神致敬，因為所有神話、史詩和故事都是記憶的一部分。召喚繆斯女神無須喋喋不休，因為祈求即告別，代表所有英雄已有默契，知曉任務艱難，意思是我現在忙著處理怒氣沖沖的阿基里斯，並未忘記特洛伊戰爭中上百則其他故事，雖然我現在感興趣的是尤利西斯的歸來，並未忘記其他英雄如何歷經周折終於返鄉。

在古典戲劇中，固定場景代表的是所有悲、喜劇都可以上演的理想場域，是超越時間和空間的心靈場域，但也可以是每一個戲劇動作發生的地點和時間。我們對保存下來的古羅馬劇場和文藝復興建築師帕拉迪歐（Andrea Palladio）為重現古羅馬劇場風貌而設計的奧林匹克劇場（Teatro Olimpico）等古典主義畫面並不陌生，在這裡我們可以釋放喜怒哀樂無須顧慮：莊嚴宮殿的花崗石立面正中央是正門，對稱立於兩旁的是側門，這裡可以是任一處涼廊、神殿或城市廣場。只要有國王或占卜師或信使從其中一扇門探出頭來，所有潛在動作的其中一個就會成真，而現實與想像之間的延續性不會被打斷。

十七至十九世紀的經典小說開頭總強調小說中人物和事件的時間、地點和背景皆可考。塞萬提斯在開頭似乎擺脫了神話風格的朦朧背景，但是在隨即展開的第一章，地點和人名就都籠罩在迷霧中。「曼查有個地方，我不願回想那個地名，不久前住著一位貴族，是那種架子上掛著長矛的貴族……」一個世紀後，魯賓遜對自己的出身侃侃而談：「我於一六三二年出生在紐約市一個富裕人家，但我們家不是本地人，我父親是外國人，家鄉在不來梅，原本在赫爾鎮定居」。即便是《格列佛遊記》這種奇幻小說中的英雄人物，背景介紹也精準無誤：「我父親在諾丁罕郡有一份小小產業。他有五個兒子，我排行老三。十四歲那年，父親送我進了劍橋的伊曼紐爾學院」。仔細想想，開場就說明人物特性，對小說家而言好比祈求繆斯女神，是一種儀式，這麼做意味著他準備把自己即將要說的這個故事從其他命運和波折的混沌中抽離出來，依然是向廣袤宇宙致敬。每一個小說史都應該關注同一時間平行發展的「反小說」（antiromanzo）史。跟十八世紀小說開頭清楚交代相反的，是什麼都不確定的小說開頭。法國作家狄德羅的《宿命論者雅克和他的主人》（*Jacques le Fataliste et son maître*）開宗明義告訴大家，我們閱讀的並非人生，而是由作者在那一刻作出決定並書寫的一篇故事：「他們是怎麼遇到的？和所有人一樣，是巧合。他們叫什麼名字？關你什麼事？他們從哪裡來？從最近的地方來。他們到哪裡去？我們難道知道自己要去哪裡嗎？」英國作家勞倫斯・斯特恩為了與傳記小說開場有所區別，讓項狄自述從（世代）、受孕、出生前開始談起，絕大部分的篇幅都是在探討書中主角的起源。

這些例子形同進一步確認，說明人物特性是小說開場的固定儀式，只不過各式各樣的變形漸漸遠離了這個開場模式。作家越來越相信序言無用，《白鯨記》的名句「叫我以實瑪利」與其說是自報身分，不如說是為了強調那個聲音的紛雜神祕背景。

當然，意味著從普同過渡到特殊的小說開頭，不論在交界處召喚的是哪一位神祇的名字，儀式性是宗教主導靈感的年代特色。聖奧古斯丁（Augustinus Hipponensis）的《懺悔錄》（*Confessiones*）開頭就問要從何處開始尋找上帝，之後他敘述生平事蹟，並決定要在自身尋找。《神曲》一開頭就讓我們陷入個人生存危機，第一句是「在我們人生旅程的中途」，「我們」一詞說明但丁這個個體是人類「代表」，並宣布這部作品是以作者經歷及當時社會為背景，結合廣為流傳的寓言及道德觀、神學和宇宙觀等百科全書式的淵博知識。

現代文學作品，我說的是至少過去兩百年來的文學作品，不再覺得必須用某種儀式作為開頭，或設立門檻提醒讀者有一個小說以外的世界。作家覺得可以自行把他們決定要說的故事從所有可說的故事中劃分出來。由於人生是一個連續的結構，既然所有開頭都是任意的，那麼讓敘事開門見山直接切入主題完全合理，可以在任何時刻開始，或從進行到一半的對話開始，屠格涅夫、托爾斯泰和莫泊桑都這麼做。還有一種類型的開頭是滯後，敘事者不急著進入主題，一直兜圈子，讓可敘述的多樣性在此微光中短暫出現片刻。我記得《老古玩店》（*The Old Curiosity Shop*）的開頭很美：「晚上通常是我散步的時間」。這是第一句，之後狄更斯花了兩頁篇幅描述失眠的敘事者信步走過的城市夜景，在燈光下所見所聞，直到最後遇見小耐兒，故事才正式開始。狄更斯對他的小說結構嚴謹度並不在意，很快就忘記了這個第一人稱的開頭，依然採用了經典的敘事模式。

只有少數作家覺得有必要（以反諷作為掩護）向廣袤宇宙告別，在確認比例範圍之後，全心投入單一故事的細膩再現。極為罕見依然堅持宇宙思維的其中一位作家是羅伯特．穆齊爾，他在《沒有個性的人》開頭如此寫道：「在大西洋上空，有低氣壓向東推進，逼近籠罩在俄羅斯上空的高氣壓，目前絲毫不見往北轉避開高氣壓的可能性。等溫線和等夏溫線運行如常。大氣溫度、年平均溫度、最熱月分、最冷月分和非週期性月溫變化之間處於正常關係狀態。太陽和月亮的升起與落下，月相、金星相位、土星環相位和許多其他重要天象都與天文年鑑的預測吻合。大氣中的蒸氣壓極高，而空氣濕度很低。總而言之，用一句有點老掉牙的說法就可以概括說明實際情況：一九一三年八月這一天天氣晴朗。」

我想到另一個用宇宙做開頭的作品，是波赫士令人難忘的短篇小說〈阿萊夫〉（*El Aleph*）：「貝亞特麗絲．威特波臨終前備受煎熬，感傷或恐懼都未能使她稍稍緩解片刻，她過世的那個炎熱的二月早晨，我注意到憲法廣場的廣告鐵架上換成了我不知道哪個牌子的香菸廣告。這件事讓我很難過，我意識到這個永不停歇的浩瀚宇宙已經離開她，更換廣告招牌是一系列無窮變化的第一個。」

我們每個人都可以在心中尋找宇宙，尋找未分化的混沌，以及潛在多樣性。睡夢屬於人類的宇宙學，最明白這一點的，莫過於寫出有史以來最偉大小說中這兩句話的那個人：「有很長一段時間，我都早早上床躺下」。不只這兩句，翻開《追憶似水年華》能看見無數次入睡和醒來，普魯斯特對這兩個時刻有很多話說，可以是某一章或某一卷的開頭，例如《女囚》開頭就有一段關於睡醒的迷人描述。讓我們回到這部作品的開頭，

「有很長一段時間，我都早早上床躺下」，而跟我們談的主題有關的是稍後一段文字：

「一個人睡著時，周圍縈繞著時間的游絲，及有序排列的年歲和星辰。醒來時他出於本能詢問，須臾間便明白他立於地球何處，醒來前多少時間流逝；但是時空序列也可能發生混亂，甚至斷裂。」

可能故事的多樣性被逆轉為可能經歷的多樣性，故事開頭的獨特性變成必須面對的生活獨特性，是在我們醒來的那一刻，在脫離睡夢中不確定狀態的那一刻決定的。我們從荷馬的繆斯女神，記憶的守護者開始，談到我們這個世紀的記憶詩篇《追憶似水年華》，談遺忘，從遺忘中尋找記憶的線索。

記憶和遺忘兩者互補。如果回溯說故事這門口傳藝術的歷史起源，說故事的人既訴諸集體記憶，同時也訴諸遺忘之井，讓不受個人決定影響的童話從中浮現。「很久很久以前……」，敘事者開口說故事是因為他想起（以為自己想起）了被遺忘（以為被遺忘）的故事。童話故事浮現的那個多重世界是記憶之夜，也是遺忘之夜。從那個黑暗、時間和地點走出來的人應該維持模糊，好讓聽童話故事的人能夠馬上認同它，用自身經驗中的意象去使它完整。

中篇小說（novella）也來自口述故事這個傳統，不過義大利文化的中篇小說反而側重個人特色極大化。（保存在）集體記憶中的故事構成了有不同單一事件、各種可能命運及所有相關闡述說明的宇宙。

關於這個議題，我要舉兩篇論述文為例，其中一篇很有名，是班雅明的〈說故事的人〉，談俄羅斯小說家列斯科夫的中篇小說作品。班雅明認為，在人類還有能力從經驗中學習的年代，說故事的人是傳遞經驗的人。說故事的人取材自口耳相傳的無名記憶資產，其中單一事件的獨特性告訴了我們「生活的意義」。什麼是「生活的意義」？是我們只能在他人的生活中獲得的東西，為了成為敘事題材，以已完成、被死亡封印之姿出現在我們眼前。民間故事說的是生命的故事，並滋養我們生命中的渴望，但是正因為這個生命中隱含死亡，所以永恆性如影隨形。

另一篇論述文較少為人所知，作者是德國文學評論家奧爾巴赫（Erich Auerbach），我想應該是他年輕時（一九二六年）發表的第一篇文章，談中篇小說的創作技巧，標題是〈論義大利和法國文藝復興早期中篇小說的寫作技巧〉（*Zur Technik der Frührenaissancenovelle in Italien und Frankreich*）。他清楚說出我們關注的重點：「寫中篇小說，必須完成下列任務：在無以數計的大量敏感事件中聚焦於其中一個，以它為主要前提往下發展，讓它成為無以數計的大量事件的代表。這在中世紀的時候行不通，事實上，有很長一段時間，同樣的大量事件和內在性，觀者認為不值得理解，也無法使其更豐富，最多只能視其為寓言。長時間被漠視的世界背棄了人類，一如人類背棄了世界；當人類重新面向世界，需要付出巨大努力才能征服世界。整個世界結構對人類而言都很陌生，他再也看不見那無以數計的大量事件交互匯流形成一個整體（因果關係），只看見獨立事件……」

奧爾巴赫比較東方中篇故事中屬於世界內在秩序的偶然性和矛盾，與說故事是為了驗證預設道德觀的傳教士引用收集範例時的一絲不苟。

奧爾巴赫認為薄伽丘的創新之處在於他想像了一個理想社會作為《十日談》的框架，那是根據女性在城市文明中形塑的新形象而形成的一個女性社會。「各位優雅可人的女士們」是《十日談》開頭第一句稱呼語，薄伽丘說話的對象是女性，女性在他說的故事中有積極作用，代表治理那個世界的是愛的法則。嵌入一百個中篇故事的《十日談》這個框架具有關鍵重要性，書中的社會型態可以擴大為宇宙型態。這個宇宙論雄心從書名便可見端倪，《十日談》原文書名 *Decameron* 沿用了天主教聖師聖安博（Sanctus Ambrosius）的《創世六日》（*Hexameron*），而且眾所周知，《十日談》序言是從一三四八年在佛羅倫斯爆發的可怕瘟疫開始，描述七名年輕的貴族仕女決定在三個青年陪伴下，躲到鄉間別墅區避難，鎮日做些無傷大雅的消遣打發時間。每一天他們十個人中的其中一個會被任命為皇后或國王，決定當天的活動安排。每天晚上他們齊聚在草坪上，每個人要說一則故事，每天的主題都不同。

所以每一個從宇宙剝離的單一中篇故事都有兩面，其一是如瘟疫般摧毀了社會、家庭和道德紐帶的混亂，而與之相反的是理想秩序，一個高尚、和諧又善良的社會，一個關注人類種種的社會，在那樣的社會裡，愛是與生俱來的力量，唯有當愛受到尊重的時候才會聽從理性和道德支配。《十日談》的框架其實模糊不清，薄伽丘寫一百則中篇故事的文字很精準，但是其他一切都不確定，周遭景色的描述有些俗套，十個人物性格不見著墨，每天的日子平淡無奇，我們不知道他們之間的關係，也不知道那三個青年心儀哪幾位女子。這個創作手法上的差別凸顯了框架和故事的差異。框架就如同古典劇場舞臺，應該要能通用，理想空間的意象則是故事主體。《十日談》的故事和故事之間，以及故事和框架之間如何連結？通常是靠道德觀做連結，每一個說故事的人發言的時候會接續上一個故事，發表需要另外舉證的簡短道德評論，然後引出新的故事。某些情況下，連結只是概念上的連結，包括上一個故事的某個細節、某個物品或某個情境，喚醒下一個說故事的人關於另一個故事的記憶。

班雅明說：「記憶創造了一個讓所有故事最終可以連結起來的網，一個連著一個，這是傑出的說故事的人，特別是東方說故事的人樂於展現的。每一個故事裡都有一個《一千零一夜》的雪赫拉莎德，她的故事每往前進一步，就有一則新的故事在她腦中出現。」隨後班雅明提到商人對說故事這門藝術多麼重要，因為他們「擅長吸引聽眾的注意」，而且「他們在《一千零一夜》中留下了不容抹煞的痕跡」。

這些觀察對出身商賈階級的薄伽丘這樣一個說故事的人而言非常中肯。商人的身影出現在《十日談》的故事經驗中，在道德實踐中，也在作品結構中，啟動了敘事的交易機制和故事的流通。照奧爾巴赫的說法，由那十個說故事的人組成的完美小社會是一種昇華，是貴族式的理想，也是一個完美的市集，大家都可以從中獲取利益。每晚重複的說故事比賽依照非常精準的規則進行，有如馬術競技，只是沒有輸家也沒有贏家。與其說是競賽，不如說是一個市集，每個人都有東西要付出，也有一些收穫。

我們看到奧爾巴赫和班雅明對故事的定義不同，但並不矛盾。奧爾巴赫談薄伽丘，認為故事由框架定義；班雅明談列斯科夫的作品未涉及任何框架，不過他既然談的是口述故事原型，也形同一種框架：地方上的知識因農民故事代代相傳，世界上的實務經驗靠商人和水手廣為流傳，手工藝匠的故事裡有各行各業的祕密，這些在列斯科夫許多短篇故事中都能看見。我記得列斯科夫精彩的短篇小說《亞歷山大石》（*Alessandrite*）開頭先引用了一段礦物學論述，接著開始說某個寶石和一名知識淵博、帶有巫師色彩的寶石切割師的故事。我稱這種為「百科全書式」故事開頭，自然要列入我正在研究的開頭模式中，它從一般資訊出發，很像百科全書詞條，或論文某一章，描述特定習俗或環境或制度，為了舉例說明這些一般資訊，開始講述特定故事。

我在《十日談》所有中篇小說裡只找到一個「百科全書式」開頭，非常有特色。第八天第十個故事開頭便解釋港口的「貨棧」或「海關」如何運作，那是商人向港口管理單位登記完將貨物從貨船卸下後存放的地方。故事發生在西西里島巴勒摩，內容描述詐騙商人的精明貴婦和想要討回損失的精明商人之間，以港口交易管制規章為背景展開的一場爾虞我許，有經濟史學者將這篇故事視為歷史文獻，語言學家也據此進行阿拉伯術語引入的研究，其中 dogana 一詞在現代義大利語是用來指稱海關。不過故事主要場景並不是海關，而是讓人充滿遐想的一處地方：二人幽會的豪華澡堂。換句話說，傳授實用建議、百科全書式的客觀概念是透過情感和道德生活的主觀經驗定格在敘事記憶中。

如果從我的敘事記憶去做聯想，我會想到另一個以海關場景作為開頭的故事：霍桑的《紅字》。撒冷港破舊的海關大樓裡坐著一群老態龍鍾的公務員，是往日記憶庫的象徵，而霍桑從翻閱文獻資料找到的線索中挖掘出一個故事。對霍桑而言，對世界的認識被包裹在注定消失的祖先歷史中，而正是這種失落感主導了小說開頭，也讓霍桑決定說出女主角海絲特·白蘭的故事。

我要繼續追尋我做為讀者的記憶線索嗎？以港口為開頭的小說……。有一本小說開頭就解釋船舶雜貨商水上銷售員這份工作做什麼，並描述東方某個港口水上銷售員的商鋪裡有什麼。這個開頭讓康拉德建立了一個以貨物和技術設備為基礎的具體職業背景，記住這個背景，我們就能夠掌握水手這個職業的道德準則，評斷吉姆爺的浪漫英雄主義夢想，衡量他墜落的深淵及過錯。

康拉德當然知道小說開頭代表什麼意義，想想看《黑暗之心》的開頭：抵達倫敦港，想著當年在這個未知的蠻荒世界登陸的羅馬軍團、變動的歷史和地理，以及陰森森的布魯塞爾，作為蒸汽船在剛果河上展開旅程的框架……而這一切是為了在結尾，讓有限的經驗再次朝無盡的黑暗敞開……。

結尾……。但丁用「星辰」這個詞為他的史詩三部曲畫下句點……。我們可以用跟開頭對稱的角度去思考結尾嗎？我們當然可以找出跟之前分析過的不同類型開頭相呼應的結尾。《唐吉軻德》的結尾就打破了故事裡的逼真幻想，提醒讀者這個故事屬於寫作世界，事件的本質是寫在白紙上的文字，塞萬提斯將話語權交給了自己的分身錫德・哈邁德，對筆說話：「有遠見的智者錫德・哈邁德對他的筆說：『你留在這裡，掛在這根鉤子、這條鐵線上，我不知道我的筆是鋒利或不鋒利……』」，之後換成筆自己開口說話：「唐吉軻德只為我而生，我也只為他而生；他做，我寫」。

如果要找一本書是用宇宙做結尾以呼應我先前談過用宇宙做開頭的例子，我想到《季諾的告白》（*Coscienza di Zeno*），這本書談疾病，視人生為疾病，談被人類汙染的大自然，最後還預言了原子彈。「會有一場無人聽見的大爆炸，地球將回歸星雲狀態，在沒有害蟲和疾病的天空漫步。」

至於不確定的結尾，我想到《魔山》。在山上療養院度過一切進展都極為緩慢的數年時光後，我們來到有些混亂的結尾，那是第一次世界大戰的某場戰役，子彈在空中呼嘯，卡斯托普倒在泥濘中。但我們只匆匆看了他一眼，湯瑪斯．曼不肯告訴讀者他是死是活。

「別了！不管你是生或死，別了！你的前景堪慮。你被拖進還要持續數個年頭的群魔亂舞之中，我們不敢打賭你能否安然無恙脫離困境。老實說，我們對這個無解的問題不大關心，肉體和精神上的冒險將淬鍊你的單純，讓你在精神上體驗到或許肉體上無法體驗的一切。在這個席捲全世界的死亡饗宴上，在雨夜裡我們身邊熊熊燃燒的狂妄邪惡中，有一天會出現愛嗎？」

故事沒有結束的問題是這樣的。無論故事的結局是什麼，無論我們決定故事在哪一刻可以被視為結束，我們發現說故事這個動作並不朝結束那個點前進，重要的是結局以外，結束之前發生的事。重要的是從可敘述的連續時間中擷取出來的、事件發生的那一節時間片段產生的意義。傳統敘事形式讓人覺得很完整，因為童話故事結束在英雄戰勝敵人的時候，傳記小說結束在英雄死亡的時候，教化小說結束在英雄心智成熟的時候，刑偵小說結束在壞人被追查到的時候。其他長篇和短篇小說，絕大多數沒有辦法如此清楚地說明故事結局，有些結束在如果繼續下去只會重複之前說過的，有些結束在想傳遞的訊息已經完整傳遞出去，而這個訊息可以是一個世界的意象、一種情感、一場想像力豪賭，或是一次思想連貫練習。真正重要的結尾要像《情感教育》，質疑整個故事，質疑貫穿整部小說的價值觀落差。福樓拜用四百頁篇幅書寫腓德烈克．莫羅的青年時期，幾乎跟真實生活同步，記述他的愛情、巴黎生活和革命。腓德烈克在結尾跟老朋友追憶起一樁年少往事，笨拙不知所措的二人強自鎮定上妓院，最終不敵羞臊落荒而逃。「腓德烈克說：『那可是我們一生中最美好的時光！』『嗯，那應該是我們一生中最美好的時光！』德洛里耶回答道。」這個結尾是以回顧方式投射整部小說，過往日復一日積累的情感、事件、期待、希望、躊躇和悲傷，彷彿堆積如山的灰燼全部消散。

總之，開頭與結尾，即使我們從理論角度認為它們對稱，就美學角度也不會對稱。文學史上有很多令人難忘的故事開頭，但是形式和意涵都獨樹一格的結尾少之又少，或是沒那麼容易從記憶中浮現。長篇小說尤其是如此，彷彿在起跑的那一刻，長篇小說覺得它需要展現所有力量。長篇小說的開頭是走進另一個世界的入口，那個世界有它自己的物理、感知和邏輯特性，集於這個認知，我開始構思用小說開頭來寫小說，因此有了《如果在冬夜，一個旅人》。我把如何開始這個問題變成故事主題，這並不是唯一一次。我的短篇小說集《宇宙連環圖》（以及它的續集《時間零》）試著以今日宇宙學理論所提出的宇宙史為本，轉化成從個人經歷的角度去說故事。這種說故事的方法我始終力行不輟，每當我看到一個新的宇宙演化理論，受到啟發，就會嘗試寫一篇新故事，例如最近看到「宇宙暴漲」（inflationary theory）理論有感，就寫了一個短篇。這些短篇故事通常結束在和宇宙史重新建立延續關係的時候。[10]

或許正是因為我對開頭和結尾問題感到焦慮，所以更傾向於寫短篇而非長篇小說，我很難說服自己在我寫的故事裡的假想世界是一個單獨存在、自治、自給自足，可以永久或長期定居的世界。我始終覺得有必要站在這個假想世界的外面去觀察它，把它當作許多可能世界的其中一個世界，群島中的一個島，或銀河系中的一個天體。我想我應該進一步說明我的問題：面對整個宇宙有可能只說一個故事嗎？如果一個故事涉及其他故事，受到其他故事的阻擋和「制約」，而且其他故事擴及全宇宙的時候，有可能把這個故事劃分出來嗎？如果一個故事無法說盡宇宙，那麼這個故事又怎麼可能脫離具有完整意義的其他故事呢？

或許這就是讓我至今無法全心投入自傳書寫的障礙，其實二十多年來我一直試著提筆，但我並不想提早透露尚在進行中的工作。

希望我已解釋清楚為何我認為文學作品展現其獨特性的方式，或是作品部分與既有或可能的多樣性之間有所關聯十分重要。我偏愛談特殊性和多樣性，不愛談「部分」和「全部」，因為我向來不大信任「全部」和「整體」這兩個說法。不可能有一個既定的、當下的、此刻的整體，只有如微塵般的可能性聚集和散開。宇宙解體為一團熱量雲，無可挽回地化為一個混亂的漩渦，但是在這個不可逆的過程裡，會有某些區域的秩序、一定比例的存在物試著發展形式和優勢，從中可隱約看見一個藍圖，或一個前景。文學作品正是這些比例中的一小塊，存在物結晶後有了形式，有了意義，但未定形，未確定，不是僵化成固定不動的礦石，而是有生命的有機體。

詩是偶然性最大的敵人，卻又是偶然性的產物，因為偶然性永遠會取得最後勝利。「擲骰子永遠避不開風險」。面對混亂失序的必然勝利，馬拉美用他完美清澄透明的文字對答回應，但是他心裡知道兩者本質和宇宙本質相同，都是否定、闕如、空無。「空無」（*Rien*）是馬拉美《詩集》（*Poésies*）第一首詩第一行第一個字。這個字可以做為我回顧小說開頭的結束，同時別忘了馬拉美提出的最新觀點：「世間，一切存在，都是為了讓書有結尾」（que tout, au monde, existe pour aboutir à un livre）。隔幾行他又說，那本書獨一無二，應該是「奧菲斯帶給人世間的警醒」（l' explication orphique de la Terre）。

我的第二場演講要（從不同觀點切入）談當代文學的一個傾向：包羅萬象的書自成一個宇宙，特別要談當代小說的百科全書傾向。今晚我若從文學作品之外，也就是從作品之前和之後發生的事來談多樣可能性，那麼下一次我會談如何在作品內重新創造這個多樣性。由於這個宇宙意象可以等於空無，所以我會談試圖完美再現空無的那本奇特之書。當然我也不會錯過全部和空無之外的第三個選項，那就是認同，認同有限之物的獨特性。我用了馬拉美以空無為開頭作為我談小說開頭的結束，我想用貝克特晚期劇作《俄亥俄即興之作》（*Ohio Impromptu*）來結束小說結尾這個話題。桌邊坐著兩個一模一樣的老人，他們留著長長的白髮，身穿黑色長斗篷。其中一人拿著一本破破爛爛的書在讀，另一人靜靜聆聽，偶爾用指關節敲敲桌子打斷他。「沒什麼可說的」，他說了一個悲傷孤獨的故事，故事中的人應該就是等說故事的人讀完後又重讀而且一讀再讀那個故事不知道多少次直到他說出「沒什麼可說的」那句話的聽故事的人，而在等待那句話的過程中或許一直都有些什麼話想說。或許那是世界上第一次有作者說出沒有故事可說的故事。但是即便沒有故事可說，即便沒剩下多少故事可說，也還是要繼續說下去。

10 一九九七年出版的《全宇宙連環圖》（*Tutte le cosmicomiche*），除《宇宙連環圖》及《時間零》外，亦收錄了卡爾維諾後來發表的所有宇宙系列短篇故事。

跋[11]

喬治歐・芒卡內利[12]

卡爾維諾在他漫長、迂迴的作家生涯中某個時刻，意識到自己對一種獨特的修辭要求分外堅持，他默默地、固執地、無怨無悔地堅守這個要求：清晰。卡爾維諾向來是一個條理分明的作家，但我要談的不是條理分明，而是清晰，或許跟條理分明正好相反。條理分明比較像是機敏率真，以單向、平順、沒有高低起伏、透明為前提書寫。清晰是另一回事，要具備能力和使命感去看見在作品以外、旁邊、周圍和後面的一切，是多維，或具有無限維度、夢幻、迷幻、神祕但同時清晰的書寫。清晰的範例是鏡子：表面看似單一、均質，卻能承載大量影像，所有影像都一清二楚，亟欲被談論和描寫，但是不可能也無法被觸碰，因為是影像，不是實物。發現鏡子的清晰讓卡爾維諾走向童話和神話那條路，讓他得以觸碰黑暗，開始猜謎語：「不一致的神祕圖像組合成畫謎」。畫謎也是遊戲，卡爾維諾強制謎題維持遊戲風格。他高明又帶孩子氣的狡詐、固執讓他免於受到不切實際作家有時候會沉迷的誘惑：深刻。他完全遵循奧地利小說家霍夫曼斯塔居心不良的教誨：「深刻須隱藏。藏在何處？藏在表面。」鏡子不正好派上用場嗎？

或許有其他東西比鏡子的光滑表面更能夠容納遊戲和謎題、夢幻和清晰、想像力和沉默，那就是放在鏡子對面的另一面鏡子。第二面鏡子不但跟第一面鏡子一樣有觸碰不到的清晰影像，還多了一個遊戲，也就是用謎題回應謎題，用描寫回應描寫。「一個男人在一間畫廊裡，看著一幅城市風景畫，在畫中展開的城市風景包括展示的那幅畫和男人正在看畫的那間藝廊。」

這段話和上面霍夫曼斯塔說的那句話，都節錄自卡爾維諾最新、最具代表性、最顛峰的作品《給下一輪太平盛世的備忘錄》。這本書一體兩面，是一本談文學的文學著作，是第二面鏡子，把書寫的他也變成了一面鏡子，清晰大獲全勝。用文學談文學，卡爾維諾的《給下一輪太平盛世的備忘錄》立於這個清晰的危險高峰上，照亮了文學論述的模稜兩可、表裡不一和難以測量的表面化。一切都很清晰，但並不條理分明；一切都很精準，但並非靜止不動；一切都「在那裡」，但你碰不到。

一開頭，卡爾維諾就引用了一個神話故事，是希臘神話故事中最有名的一個：帕修斯之所以能夠成功砍下梅杜莎的頭顱是因為他從不直視她，而是透過鏡子觀察她、攻擊她。只要帕修斯不直視那顆神奇的致命頭顱，頭顱就是帕修斯手中可怕的武器。卡爾維諾引述古羅馬詩人奧維德的說法，認為梅杜莎的頭顱並不只代表凶殘可怖，也是一種愛的神祕形式。帕修斯以出人意表的溫柔手法將梅杜莎的頭顱放在一層葉子上，接觸到頭顱的海洋植物嫩枝就變成了珊瑚。卡爾維諾對這個神話很著迷，拒絕評論它，形同拒絕從清晰過渡到條理分明。神話的晦澀面是他的清晰面。

卡爾維諾在這本談文學的書中走過迷宮、鏡廊和自己作品中夢幻般的風景，那是一段歡樂、迷人的旅程，充滿緊張刺激，也有突如其來的焦慮。牽著不知情但強而有力的魔法師的手時露出微笑和害怕。哦，他知道的比他以為的多更多，這才是重點，但他不評論，不為自己解釋；他不懂。偉大玩家是遊戲的一部分。卡爾維諾繼續含糊其辭：作者的不知道是建立在他知道他不知道，這是巧妙的鏡子遊戲。知道自己不知道比不知道更有智慧。更何況他不僅是不知道，而且還不懂。

這本書共有五講，每一講的標題也充滿文學意象：輕、快、準、顯、繁。我想這五講應該被當作五篇奇幻故事來看，就像是《一千零一夜》評註版的前五章。因為充滿了

「飄浮物」，而且四處可見的文學意象正是「飄浮」，他讓不同的、異質的物和非物並置，例如數字和城堡、紋章圖案和動物，前所未見。彷彿《一千零一夜》裡的精靈，卡爾維諾的自然心靈場域在空中，是風從四面八方吹來的戶外，不受「我」的控制，充滿或躁動或溫和的動力，總之看不清半張臉。

晶體和火焰這兩種形式對作家而言是個挑戰。不過我想說的是，我們既沒有體驗到晶體的冰冷，也沒有體驗到火焰的炙熱，因為兩者都在鏡中，所以只存在形式，一座熊熊燃燒的城市彷彿一個死掉的星球，無聲又冰冷。

我想給這本結合散文和詩、出自卡爾維諾的《物性論》畫幾個重點，就像他引用萊奧帕爾迪和奧維德的文字那樣。

下面兩句來自不同段落的文字說明了這個迷人表面隱藏了多少深奧的修辭學問：「書寫文字自會帶領故事」（頁一一一）；另一句是：「散文敘事裡則是讓不同事件形成一種對仗關係」（頁五十）。還有這一句，讓我覺得彷彿走過幽冥地道，走向梅杜莎的神話：「整首詩即便在表達焦慮的時候，也因為文字的音韻反而傳達出一種溫柔感」（頁八十一）。這段話雖然談的是萊奧帕爾迪，同時也讓人明白文學論述不可能是「黑暗的」，它只是一面鏡子，清晰冰冷，戲謔詼諧，也會暗自得意。最後我想說的是，卡爾維諾的論述都導向了神祕深奧、模稜兩可、具象徵性的那個至高點，也就是修辭。清晰拒絕靈感，也就是拒絕「想像力教學法」的蓄意誘惑。修辭是對抗令人著迷的自動化和混亂的視覺潛力的重要防線。作家的錯覺是以為自己真的擁有一種文學力量，鏡子是不存在的。到底鏡子這個議題要說什麼？說的依然是文學，而文學就是世界、空間和宇宙。「文學之所以存在，就是因為目標遠大」。

11（原注）節錄自《深刻表面》（*Profondo in superficie*）一文，原刊載於《信使報》（Il Messaggero，一九八八年六月十日），後該文以〈卡爾維諾〉（Calvino）為標題，收錄至芒卡內利（G. Manganelli）《私人選集》（*Antologia privata*，李佐利出版社〔Rizzoli〕，一九八九年，頁一六三—一六六）中。

12 喬治歐・芒卡內利（Giorgio Manganelli, 1922-1990），義大利新前衛主義作家、翻譯家兼文評家。

大師名作坊 924

給下一輪太平盛世的備忘錄

作　者—伊塔羅・卡爾維諾
譯　者—倪安宇
編　輯—張瑋庭
美術設計—廖韡
內頁排版—芯澤有限公司

總編輯—嘉世強
董事長—趙政岷
出版者—時報文化出版企業股份有限公司
108019臺北市和平西路三段二四〇號三樓
發行專線—（〇二）二三〇六—六八四二
讀者服務專線—〇八〇〇—二三一—七〇五
（〇二）二三〇四—七一〇三
讀者服務傳真—（〇二）二三〇四—六八五八
郵撥—一九三四四七二四時報文化出版公司
信箱—10899臺北華江橋郵局第99信箱

時報悅讀網—http://www.readingtimes.com.tw
電子郵件信箱—liter@readingtimes.com.tw
法律顧問—理律法律事務所　陳長文律師、李念祖律師
印　刷—勁達印刷有限公司
二版一刷—二〇二三年十月六日
二版二刷—二〇二四年四月二十五日
定　價—新臺幣三五〇元
（缺頁或破損的書，請寄回更換）

時報文化出版公司成立於一九七五年，
並於一九九九年股票上櫃公開發行，於二〇〇八年脫離中時集團非屬旺中，
以「尊重智慧與創意的文化事業」為信念。

給下一輪太平盛世的備忘錄 / 伊塔羅・卡爾維諾(Italo Calvino)著；倪安宇譯 . – 二版 . – 臺北市：時報文化, 2023.10
面；公分 . –（大師名作坊;924）
譯自：Lezioni americane
ISBN 978-626-374-372-4

1. CST：文學哲學　2. CST：文學評論

810.1　　112015539

ISBN 978-626-374-372-4
Printed in Taiwan